ヨウコ

キキョウ
ハルト

7

レベル1の最強賢者

～呪いで最下級魔法しか使えないけど、
神の勘違いで無限の魔力を手に入れ最強に～

LEVEL 1 NO SAIKYO KENJYA

レベル1の最強賢者7

～呪いで最下級魔法しか使えないけど、神の勘違いで無限の魔力を手に入れ最強に～

木塚麻弥

BRAVENOVEL
ブレイブ文庫

00

九尾狐の母娘

LEVEL 1 NO SAIKYO KENJYA

創造神によってこの世界に呼び出されたハルトが、守護の勇者として魔王ベレトを討伐した時代より更に百年ほど前のこと。

「母様《ははさま》ぁ！　これを見てほしいのじゃ」

「おや、綺麗な花輪ですね。ヨウコが作ったのですか？」

「そうじゃ！　おばあ様から作り方を教えてもらったのじゃ」

幼いヨウコが完成したばかりの花輪を母に見せていた。それはふたりがいる草原に咲いていた野花を摘んで作った花輪だ。

「はい。これは母様の」

「妾《わらわ》にくれるのですね。ありがとう」

「それで、こっちが我《われ》のじゃ」

身体の後ろに隠していたもうひとつの花輪をヨウコが自分の頭に乗せ、期待を込めた眼差しで母の顔を見る。ヨウコの母キキョウは、娘が自分にやらせたいことを理解した。

「ふふっ。これでお揃いですね」

キキョウも頭に花輪を乗せる。それを見たヨウコが満足そうな笑みを浮かべながら勢いよく母の腰に抱き着いた。

「母様とおそろい！」

「ふたつもつくるなんて。よく頑張りましたね、ヨウコ」

キキョウがヨウコの頭を優しく撫でると、彼女は照れながら母の着物に顔をうずめた。その着物からはヨウコが好きな華霞草《かすみそう》の香りがして、彼女は幸せな気分になれた。

「我な、頑張ったのじゃ」

「偉いですねぇ。ところで、そろそろお腹が空いたんじゃありませんか？」

「わ、我はまだ平気なのじゃが――」

その時、ヨウコのお腹がクゥっと小さく鳴った。耳の良いキキョウはそれを聞き逃さない。

「妾はお腹が空きました。ひとりで帰ってご飯にするのは寂しいので、ヨウコも一緒に帰ってご飯にしましょう」

「母様はお腹が空いたのか？　我はまだ遊んでいたい。でも母様がどうしてもというのであれば、一緒に帰っても良い」

「どうしても、です。一緒に帰ってくれるなら、ヨウコが好きなお団子を作ってあげます」

「お団子を!?　帰る！　今すぐ帰るのじゃ!!」

母から離れたヨウコは勢いよく駆け出し、少しして足を止めると後ろを振り返る。

「母様、何をしておるのじゃ。早く帰ろう」

「はいはい。野草を摘みながら帰りたかったのだけど……。今日は無理そうねぇ」

ヨウコにせかされながら、キキョウは住処へと帰っていった。


その日の晩。九尾狐の母娘は住処である洞窟の中にいた。ここは九尾狐が本来の姿で過ごせるほど広い造りになっている。ヒトの姿で過ごしたほうが魔力の節約になるなど色々と便利であるため、ふたりはいつも人化した状態で生活していた。

「母様。おばあ様とまた遊びたいのじゃが、次はいつ会えるかの？」

祖母に会いたいというヨウコの言葉を聞き、キキョウが少し困った表情を見せる。

「おばあ様にはしばらく会えません。今は魔界に行ってしまわれたの。これ以上人間界にいたら、彼女が大好きなこの世界を壊してしなうことになるから」

九尾狐はその尾に魔力が溜まり完全体になると、暴走して周囲のものを破壊し尽くす。天災の一種とされる強力な魔族だ。

「では、もうおばあ様に会うことはできんのか」

「ヨウコが大きくなって完全体になる力を手に入れ、それでいてまだこの世界を好きでいられたら、おばあ様の様に魔界に行けるかもしれません」

魔界とは邪神に連なるモノ――悪魔や魔人が住む世界。そこにも魔物や魔族がいるが、力を持った上位魔人級の存在でなければ魔界と人間界の往来は不可能だ。天災と呼ばれるまでに成長する九尾狐であっても、魔界に行くのは容易なことではない。

「母様でもまだ無理なのか？」

「もう少しだと思います。ただ暴走せずに完全体になれたとしても、魔界でヨウコを守りながらおばあ様を探すのは厳しい」

「では我も完全体になれば良いのかの」

「えぇ。そうなったら、ふたりで魔界に行ってみましょう」

「ならば魔力を溜めるのを頑張るのじゃ！」

「早く魔力を溜めたくても、戦場に行くのはダメですよ」

「うむ。それは分かっておる」

戦場では普段見られないような大規模魔法が幾度となく行使される。ヒトが使った魔法の残渣を吸収することが可能な九尾狐にとって、戦場は最も効率よく魔力を吸収できる場なのだ。

しかし魔力と共にヒトの負の感情も取り込んでしまうため、完全体になる頃にはその身を完全な悪へと染めてしまう。

「ヒトの負の感情を含んだ『黒い魔力』を多量に吸収しなければ、完全体となるほどの力を得ても九尾狐は暴走しない。だからゆっくりと時間をかけて空間から『無色の魔力』を吸収していけば良いと――」

「おばあ様が我らの種族で初めて気付いたのじゃな！」

「えぇ。ただしおばあ様はそのことに気付けたのが遅かった。ヨウコが生まれる前には、既に黒い魔力をたくさん吸収してしまっていたの」

「一度魔力を使ってしまって、またきれいな魔力を吸収することはできんのかの？」

「おばあ様もそれを考えたらしいのだけど……。ダメだったみたいです。妾たち九尾狐が尾に溜めた魔力を使う時、負の感情を含まない無色の魔力から消費されていく。だから魔力を使えば使うほど、尾に溜まっている黒い魔力はその濃度が濃くなっていくみたいです」

黒い魔力が濃くなれば、魔力が溜まりきった時に暴走する可能性が高まってしまう。暴走した九尾狐は自我を無くし、その尾に溜めた魔力が尽きるまで周囲を破壊する。そして魔力が尽きた時、命を落とすのだ。

「なるほどの。とにかく戦場には近寄らぬようにするのじゃ」

「それから、ヨウコ自身も何かに怒ったりするのも良くありませんよ。せっかく時間をかけて溜めた無色の魔力を、あなたの感情が黒く染めてしまうことになりますから」

「それも気を付けるのじゃ！　なに、この我を怒らせられるものなどそうそうおらんのじゃ」

「そうですか？　この前、一角兎に逃げられて怒っていましたよね」

母の言葉を聞いてヨウコが青ざめる。キキョウとしてはヨウコを軽くからかうつもりだったのだが、ヨウコの反応は予想以上だった。

「ああ、あれくらいでダメなのかの!?　我、悪い九尾狐になってしまうのかの？　我はまだ、母様とお別れなど、し、しとうないのじゃ」

絶望し、今にも泣きだしそうな声でヨウコが尋ねた。娘のあまりの狼狽えように、キキョウはやりすぎてしまったと反省する。

「ごめんなさい、冗談ですよ。あれくらいではヨウコが暴走してしまうことはありません」

そう言いながらキキョウは震える我が子をギュッと抱き寄せた。

「ほ、本当に？　本当に大丈夫？　我はまだ、母様と一緒にいられるかの」

「大丈夫です。これからもヨウコは、妾とずっと一緒です」

「母さまぁ！」

「よしよし。ヨウコは良い子ですね。ずっと妾といるために、三つのことを約束してください。ひとつ、戦場には行かないこと」

「……うむ。戦場には行かぬ」

「ふたつ、妾が張った結界の外にひとりで出ないこと」

「それも守れる。いつも気を付けておるのじゃ」

ふたりが今いる洞窟とその付近の森や草原には、ヒトが近寄れないようにするため認識阻害の結界がキキョウによって展開されていた。更にこの洞窟は認識阻害の結界だけでなく、他者の侵入を防ぐ結界で守られている。それはほぼ完全体の九尾狐となったキキョウが展開した最強の結界だ。ここに逃げ込めば、ヨウコの安全は確保される。

「三つ目は、どんなことがあっても人族を憎まないこと」

「人族を恨まぬ。これは我の魔力を黒くせぬためかの？」

「それもあるけど……。いえ、今はそういうことにしておきましょう」

ヨウコはキキョウが何かを隠しているような気がしたが、大好きな母と一緒にいるためならたいしたことではない。三つの約束は絶対に守ろうと心に決めた。

「これからも母様は我とずっと一緒なのじゃ」

「えぇ。妾たちはずっと一緒ですよ」

——＊＊＊——


数年の月日が過ぎた。極東の島国フォノストの山奥でひっそりと暮らす九尾狐の母娘は、今も周囲からゆっくりと魔力を吸収し続けていた。

キキョウもヨウコも、ヒトに危害を加えたことはない。ただしそれは人族には関係なかった。九尾狐の存在は、人族にとって魔王が出現したというのと同程度の脅威なのだ。


「おい。本当にこんな最果ての地に目的の魔族がいるのかよ」

「強そうな魔族の気配なんて感じないわ。予言が間違ってたんじゃない？」

堅牢な鎧を纏う重戦士の男と、幾重にも補助魔法が付与されたローブを着た女魔導士が彼らのパーティーリーダーに文句を飛ばす。

「俺に言うなよ。俺だって王室付きの預言者が九尾狐の姿をこの地で遠視したってことしか聞かされてないんだ」

このリーダーの戦闘職は聖騎士見習い。レベルは１３０を超えている。彼は国で五指に入る実力を持った冒険者だ。そんな彼が三人の仲間と共に、海を越えてこの地まで偵察に来た。

「力を蓄える前であれば九尾狐の討伐は容易です。もし予言が本当であるなら、私たちの役目はとても重要なのです」

冒険者パーティーの四人目は女回復術士。彼女が所属する『聖十字教会』では、九尾狐は世界を滅ぼす絶対悪とされている。そのため他の三人とは異なり、彼女だけはこの任務への参加に意欲的だった。

「なんにせよ、予言者がスキルで見た九尾狐ってのは、ヒトの姿をした幼体なんだろ？　いくら魔族でも、子どもを攻撃するのは気が進まねーな」

「俺だってそうだ」

「幼体じゃなきゃ倒せないんです！　力を付けた九尾狐は高度な洗脳魔法を使いますし、普通に戦っても強い。私たちの第一目標は九尾がいるかどうかの確認ですが、本当に対象がまだ幼体であれば、その場で処理してしまうのが第二の目標です」

「九尾狐って周囲の魔力を吸って成長するらしい。この国、いろんなところで人族同士の争いが発生しているから、この山から出たら急成長してしまうかも」

「そうです。倒せるうちに倒すしかないんです」

女回復術士が胸の前で短剣を握りしめた。それは聖十字協会から預かってきた短剣。聖都で聖女の加護を受け、強力な破魔の力を宿した武器だ。

「やるしかないんです。たとえ見た目が幼くても、私が。絶対に……」

強い決意を持ち、女回復術士は山の奥へと歩を進める。

四人の冒険者たちがヨウコたちの住処に近づいていた。

住処の周辺にはキキョウが認識阻害の結界を展開しているため、場所が分かっていたとしても近づくことさえできない――はずだった。

「……あれ。この辺り、なにか変な気がします」

「この辺りって。なんもないが？」

「魔力の流れにも、おかしなところはありませんね」

女回復術士だけが気付いてしまった。それは彼女が持っていた短剣の効果。破魔の力によって、キキョウが張った認識阻害結界の効果が薄れてしまったのだ。

「ここです」

女回復術士が短剣で空間を切る。

「えっ!?　な、なにこれ？」

「薄い膜みたいなもんが見えるぞ！」

「お、俺にも見える。なんだこれ!?」

キキョウの結界に切り込みが入れられた。それと同時に冒険者たちの意識が修正される。

「俺、何故かこの先は行かなくて良いって思ってたんだ」

「私もそうね」

「これが、九尾狐の洗脳の力だってのか？　まだ幼体なんだろ!?」

「信じたくありませんが、そういうことかもしれません」

彼らは既に完全体に近い力を持ったキキョウがヨウコのそばにいることを知らない。予言者が見たのはヨウコの姿だけだったからだ。

魔物や魔族は高濃度の魔力が溢れ出る場所で自然発生することがある。幼体がひとりで存在していても珍しくはない。子どもがいるから、そばに必ず親がいるだろうと考えられることのほうが少なかった。

「とにかく先に進みましょう。この先に、九尾狐がいるはずです」

冒険者たちは結界内に足を踏み入れた。

「――っ⁉　こ、これは！」

洞窟の奥で料理を作っていたキキョウ。結界内に侵入した者がいると感じ取った彼女は、これから火にかけようとしていた鍋を地面に落とした。地面にこぼれる汁物に気をかける余裕などなく、彼女は洞窟の出口へと急いだ。

ヨウコがひとりで遊びに出かけていたからだ。彼女が結界の中から出ていないのは確認済みだった。しかし――

「あぁ、そんな！　ヨウコ、逃げて‼」

結界内部に侵入者を検知した場所と、ヨウコが今いる場所があまりにも近いと把握したキキョウが悲鳴に近い声で叫ぶ。

「おい、まさか……。あれか？」

「嘘でしょ⁉　なんて魔力量なの」

「着物を着た子供。金色の瞳。容姿は預言者様から聞いていた特徴と一致しました。間違いありません。あれが九尾狐です！」

幼くともヨウコは人族ではありえないほどの魔力量を有する。魔視が使える女魔導士と女回復術士は、一瞬でヨウコの異常性を認識した。

「え……。ヒト？　なぜここに？　ここは母様の結界内のはず」

ヨウコも冒険者たちに気が付いた。母に連れられ、遠くから人族の村を眺めたことが何度かある。しかし今は、かつてないほど近くに人族がいた。それも相手がこちらを認識している。

危険を感じたヨウコが少し後ずさると、冒険者たちが武器を手にした。

「あっ！　逃げた!!」

「追ってください！　絶対に逃がさないで！」

攻撃されると思ったヨウコが逃げ出すと、冒険者たちは彼女を追った。本来の姿に戻れば人族には追い付かれない速度で逃げ切れたはず。しかしヨウコは人化するにも、九尾狐の姿に戻るのにも時間が必要だった。

「はぁ、はぁっ！　は、母様、ははさまぁぁ!!」

必死に逃げるヨウコ。しかし人化した状態では人族の子どもと大して変わらない身体能力しかなく、彼女が捕まるのに時間はかからなかった。

「つ、捕まえたぞ！」

「離せ！　離すのじゃ!!」

「こいつ、ヒトの言葉をしゃべるのか」

「そのまま押さえていてください。私がやります！」

リーダーがヨウコを地面に押し倒して拘束した。女回復術士は短剣を取り出すとそれを振り上げ、ヨウコの胸に突き立てようとした。

「――っ!?　あ゛あぁぁぁ!!」

叫んだのは女回復術士。彼女の右手が短剣ごと消滅していた。

「妾の娘を、離しなさい」

九本の尾を持つ巨大な狐が冒険者たちの前に立ちはだかった。キキョウが本来の姿に戻り、この場に駆けつけたのだ。

「お、親がいるのか？　魔族なのに」

「ヤバい、ヤバいぞ!!　おい、お前。立て!!」

「いだ゛い゛ぃぃ。わ、私の手ぇ」

重戦士が背負っていた大剣をキキョウに向けて構える。リーダーはヨウコを立たせ、その首に剣を当てる。女回復術士はキキョウの攻撃で失われた右手を抱えて泣いていた。

「娘に怪我をさせたら、絶対に生きて帰しませ――ぐっ!?」

腹部に激しい痛みを感じたキキョウ。彼女の腹に短剣が突き刺さっていた。それは聖女の加護をうけた短剣。キキョウの攻撃で吹き飛ばされたその短剣を女魔導士が回収し、娘を殺されそうになったことで冷静さを欠いて隙のあった母狐の腹部に魔法で飛ばしたのだ。

「みんな、逃げるよ!!」

女魔導士は、リーダーが拘束していたヨウコを強引に突き飛ばした。狼狽えるリーダーの手を引き、地面にうずくまる女回復術士を重戦士に回収させると、女魔導士は風魔法でパーティーメンバー全員をその場から離脱させた。

キキョウには絶対に勝てないと判断した上での行動だった。手傷を負わせ、娘を無傷で解放すれば追いかけられる可能性を減らせると考えたのだ。実際に彼女らはその後、母国まで無事に帰還することができている。

ほぼ完全体の力を得た九尾狐は、娘を殺そうとした冒険者たちを追いかけなかった。というより、追いかけることができなかった。

「は、母様？　どうしたのじゃ？　どこか、痛いのか？」

地面に倒れたキキョウにヨウコが駆け寄る。キキョウは九尾狐の姿で腹に刺さった短剣を口で咥えて引き抜き、人化した。わざわざ人化したのは、もう既に自身が助からないと気付いていたからだ。

娘の記憶に残すのは、母として綺麗な姿が良かった。そして娘が今後、ヒトの世界に紛れて生きていくために必要なことだった。

「ヨウコ。無事ですか？　怪我はありませんか？」

「我は大丈夫じゃ。で、でも、母様……。血が、こんなに」

出血はあまり重要ではなかった。問題は短剣に付与された強力な破魔の力。それがキキョウの生命力を奪っていた。尾に蓄えた魔力を使えば回復することは容易にできただろう。しかしそれをすれば黒い魔力の濃度が高まり、人族に攻撃されたという状況も相まって暴走してしまう可能性が強かった。

この場で暴走すればヨウコが巻き込まれてしまう。だからキキョウは尾の魔力を消費して自己治癒することができなかった。

「妾はもうすぐ死ぬでしょう。あの短剣、絶対に触れてはダメですよ」

ヨウコが破魔の短剣に触れることがないよう、キキョウはそれを地中深くに封印した。

「母様が死ぬ？　い、嫌じゃ!!　母様が死ぬなど、絶対に嫌じゃ！」

「ヨウコ、よく聞きなさい。妾の結界は破られました。住処の洞窟にかけた結界が破られることはないでしょうが、それでは貴女が活動できる範囲が限られてしまう」

「で、では母様が元気になってから、もう一度結界を張れば」

「無理です。妾の命は、もう尽きます。あなたはこれから、ひとりで生きなくてはいけない」

キキョウがヨウコを抱き寄せ、力いっぱい抱きしめた。

「嫌じゃ。我は、母様と離れたくない」

「強く生きるのです。あなたなら大丈夫」

「嫌じゃ！　嫌じゃ、嫌じゃ!!」

ヨウコの魔力が急激に高まる。それには怒りや悲しみ、絶望、憎悪といった負の感情で満たされていた。

「母様に怪我を負わせた短剣に呪いがかかっておったのか？　そうに違いない。でなければ最強の母様が死ぬなどありえぬ。ならば、その呪いをかけた者を我が殺してくるのじゃ」

「やめなさい！　ヨウコ!!」

黒い感情に飲み込まれ、ヨウコは魔力を黒く染めていく。尾に溜まっている魔力が十分でなくとも、完全に闇へと堕ちた九尾狐は暴走してしまう。

「呪いをかけた人族だけではダメじゃ。今後も母様を傷つける者がここに来ぬよう、人族を皆殺しにしてやろう」

「……ごめんね、ヨウコ。弱い母を、許してください」

このままでは娘の暴走を止められないとキキョウは判断した。苦渋の決断を下し、彼女はヨウコを洗脳した。

洗脳の内容は『住処の洞窟に戻り、黒く染まった魔力が薄まるまで眠りなさい』、『母の死因は忘れなさい』、そして『洞窟を出たらグレンデールにある魔法学園に行き、イフルス一族を頼りなさい』という三つ。

黒い魔力が薄まるまでというと、今日までにヨウコが溜めた魔力量からして二百年ほどかかってしまうかもしれない。しかしそれだけの期間を安全な住処の中で過ごせば、ヨウコがひとりで身を守れる程度には成長できるはずだった。暴走しなければ九尾狐という種族に寿命はない。不必要だと判断した期間は、自らの意志で眠りにつくことが可能だ。そして眠っている期間は魔力吸収効率が落ちてしまうが、肉体の成長に応じて精神も成熟するというのが九尾狐の特徴だ。ヨウコを守るため、キキョウはひとつ目の洗脳をかけた。

ふたつ目の洗脳はヨウコが人族を憎んで暴走するのを防ぐためのもの。

そして三つ目の洗脳は、キキョウが危険な存在ではないと判断し、友好的な関係を築いてくれた一族を頼れというもの。イフルス家は三百年も続く魔法学園の経営者だ。人族最高峰の知識と魔法の力を持つ一族で、九尾狐であるキキョウと遭遇した際にも、まずは会話を試みてくれた。そんな一族だからこそ、彼女は二百年先も魔法学園が存続し、ヨウコを受け入れてくれると賭けてみることにした。

ヨウコは洗脳の影響で気を失っているが、少しすれば起きるだろう。彼女が起きるまでにここへ来そうな魔物や人族の気配はない。もう意識を保つことが厳しくなってきたキキョウは、地面へ寝かせたヨウコにその身体を寄せた。優しく娘の頭を撫でながら、最期の時を愛《いと》おしむように話しかける。

「大好きですよ、ヨウコ。妾も貴女とずっと一緒にいたかった。貴女の成長を見守りたかった。貴女はこれから辛い思いをたくさんするかもしれない。でもいつかきっと、貴女が安心して身を預けられる存在が現れます。この妾が、そうでしたから」

キキョウはヨウコの父親のことを思い出していた。長く生きてきて、唯一身体を許した人族。彼女が冒険者に攻撃されたのは、実はこれが二度目。一度目の時に瀕死のキキョウを助けてくれたのがヨウコの父親だった。

「人族のこと、恨まないでください。人族の中にも良い人はいます。彼らはただ臆病なだけ」

体力の限界が来ていた。娘の将来がどうなるか不安でいっぱいだった。二百年は自身がかけた最強の結界がある洞窟の中で過ごせば問題ない。その後、本当にイフルス一族が存続しているのか。彼らが娘を受け入れてくれるのか。一度かけた洗脳を弄るのは脳にダメージを与えてしまうので、出来るだけやりたくない。ヨウコのためとはいえ、彼女を洗脳してしまった罪悪感がキキョウを苦しめる。

「どうか幸せになってくださいね。おやすみなさい、ヨウコ」

ヨウコを抱きかかえたまま、キキョウは静かに息を引き取った。

01

妻会議

「それでは、第一回ハルト様の妻たちの会議――略称『妻会議』を開催します！」

ティナが宣言すると、その場に集まった者たちから熱心な拍手が送られた。ここはイフルス魔法学園の敷地内にあるハルトの屋敷の一室。彼女たちは昨晩この屋敷に帰ってきた。出ていく時に八人だったハルトの妻は、聖都サンクタムから帰ってきた時には十一人になっていた。

現在、この部屋にはエルフ族のティナとリファ、ハルトと同じ世界から転生でやって来た人族のルナ、九尾狐という魔族のヨウコ、精霊族のマイとメイ、獣人族のメルディ、白竜という最強種の魔物が人化した存在である白亜《はくあ》、竜人族《ドラゴノイド》のリュカ、元聖女のセイラ、そしてセイラを守っていた元聖騎士団長のエルミアが集まっている。

ちなみにセイラは悪魔に聖女としての力を奪われていたのだが『それではハルトの他の妻に見劣りするからサービスしておこう』――と、創造神によって聖女の力を与えられていた。そのため彼女は聖女という称号を失っているものの、聖女としての力を行使することは可能となっていた。対価としてセイラが毎日創造神に祈りを捧げる必要があるが、二百年も創造神に祈りを捧げ続けてきた彼女にとって、それは何の苦でもなかった。

「私たちは今、大きな問題に直面しています」

ティナが会議を進行する。

「それがなにか分かりますか？　――はい、リファさん」

勢いよく手を挙げたリファが指名された。

「ハルトさんの妻が増えたことにより『ハルトさんの日』が、なかなかこなくなりました」

彼女たちはハルトと一緒に寝られる日のことを『ハルトの日』と呼んで楽しみにしていた。

「その通りです。私は毎日ハルト様と寝られるのでいいのですが——」

「そうじゃ！　それはずるいのじゃ!!」

ヨウコが声を荒らげる。

「えぇ。私も最近そう思い始めて、ハルト様に『私もローテーションに入ります』と提案してみたのですが『嫌だ』——と、断られてしまいまして……」

困ったような表情を見せるが、ティナはどこか嬉しそうだった。

「む、むぅ……。主様の希望ならばしかたないか」

「「ティナ先生、羨ましいです」」

「私はティナの横でもいいの」

白亜は誰かと一緒に寝られればそれで良いようで、ハルトの横で眠るローテーションには入っていなかった。

「私はもっとハルトさんと一緒にいたいです。ですが、ハルトさんはティナ先生が一番みたいなので、ティナ先生が左側固定なのは問題ないと思います」

「ウチもルナと同意見にゃ。でも一週間以上、ハルトと寝られないのは寂しいにゃ」

「私はハルトさんと結婚したばかりですけど……。一緒に寝られるのって、やっぱり一週間後とかになります？」

「あっ！　てことは、わたしも？」

リュカとセイラはハルトと結婚したばかりだった。それでも正規のローテーションに組み込まれた結果、初夜は一週間後になることが決まっていた。それに気づいたふたりが悲しそうな表情を見せる。

「セイラ！　セイラは私と一緒に寝よう！」

セイラを慰めるつもりか、それとも自分が彼女と一緒に寝たいだけなのか、エルミアがセイラに抱きついた。元々エルミアはセイラのことが大好きで、彼女と離れたくなくてセイラと一緒にハルトの妻になった。

今のところセイラはハルトに全てを捧げても良いと思えるほど彼を好いているわけではなかった。ただセイラと一緒であれば、ハルトに抱かれても良いとは思っているようだ。

人族で二十八歳の彼女は、ハルトの妻たちの中では一番年上に見えてしまう。十六歳の頃からセイラの騎士として尽くしてきたので、男性経験はなかった。そのため少しあせっているということもあり、エルミアもローテーションには組み込んでもらっていた。チャンスがあればハルトと子を成したい。その子をセイラと一緒に育てられたら幸せだ――そんなことを考えていたようだ。

ティナを含む全員がハルトと過ごす時間を求めていた。しかしそれには妻が増えすぎた。

ハルトは基本的にティナ以外を特別扱いすることはない。全員を妻として平等に大切にしてくれる。だからほかの誰かを蹴落とそうとすると、それは彼を悲しませることになる。

　つまり増えた妻を減らすことはできない。妻の数は減らせないが、ハルトを占有する時間は増やしたい。では、どうするか――

「ハルトさんを増やしましょう」

　リファの発言に全員の注目が集まる。

「主様を増やす？　それはいったい、どうやって？」

「ここには世界最高峰の魔法剣士であるティナ様。国家クラスの秘術が保管された書庫に入れる王族の私とメルディさん。どんな書物でも読むことができるルナさん。莫大な魔力をもつヨウコさん。その他にも優れた能力や高い地位をもつヒトが集まっています」

　リファがみんなを見渡す。その顔は自信に満ち溢れていた。

「これだけのメンバーがいれば、できるはずです」

「できる――とは、なにをじゃ？」

「分身魔法を創るんです！」

「分身魔法？　ウチのお父様がハルトとの戦闘で使ったアレかにゃ？」

「少し違います。アレは高速移動で残像をつくって、魔力を残すことで少しリアリティを持たせただけのもの。それも十分凄いのですが、私が創りたいのは実体をもつ分身を生み出せる本物の分身魔法です」

「そんな魔法は実在しませんよ」

「私も聞いたことないの」

「「私たちも知らないです」」

ハルトの妻たちの中では長生きで、この世界に関する知識が豊富な、ティナと白亜、マイ、メイが分身魔法の存在を否定する。

「無いから創るのです！　私たちなら絶対にできます!!」

リファにはどうしても分身魔法を創り出したい理由があった。

「想像してみてください。分身魔法を使ってハルトさんが増えれば──」

「ま、毎日主様と寝られるのか!?」

「それだけじゃないです。ハルトさんは無限の魔力をお持ちなので、私たちひとりに対してハルトさんもひとり──なんて制限しなくてもいいでしょう？」

「ま、まさか！」

「「何人ものハルト様が私たちと寝てくださるのですか!?」」

「「「あぁっ!!」」」

全ての妻たちが理解した。そして複数のハルトに囲まれる自分の姿を妄想した。全員の顔が綻ぶのに時間はかからなかった。

「やりましょう！」

「なんとしても成し遂げるのじゃ！」

「ウチ、国に戻って凄そうな本を探してくるにゃ！」

「メルディさん、私もついていきます。どんな本だろうと翻訳しますよ」

「『私たちはお父様に何かご存知ないか聞いてみます』」

「私は竜神のおじちゃんに聞いてくるの！」

「白亜さん、私もお供します」

「聖都の書庫に何かヒントがないか調べに行きます。エルミア、ついてきてくれますか？」

「もちろん！　セイラと一緒ならどこにでも行く」

全員が前向きに考えていた。複数のハルトによる逆ハーレム。それはとても素晴らしい。想像するだけで胸が高鳴るほど最高だ――と。

「みなさん……。ありがとうございます」

「リファさん、よく思いついてくれました。必ず成し遂げましょう」

「は、はい!!」

こうしてハルトの妻たちは、複数のハルトに囲まれた生活――つまり、逆ハーレムを現実のものにすべく、行動を開始した。

02
妻たちの奔走

LEVEL 1 NO SAIKYO KENJYA

「ハルトさん、おはようございます」

妻会議の翌朝、廊下を歩いていたハルトにリファが声をかけた。

「おはよ、リファ」

「ハルトさんにお願いがあるのですが、よろしいですか？」

「お願い？　もしかしてアルヘイムに来いって、お義父さんに呼ばれていた件？」

今は五月初旬。魔法学園は十日間の休み中で、その休みも残り三日だ。リファは父親であるエルフ王から、休み期間に一度はエルフの王国《アルヘイム》に顔を出せと言われていた。

「あぁ、そんなこともありましたね。ですがそれはどうでもいいのです」

「ど、どうでもいいんだ……」

「お父様に呼ばれていたのとは別件で、私だけアルヘイムまで送っていただきたいのです」

リファからなにかをお願いされるのは珍しい。ハルトは少し不思議に思った。

「リファだけ？　みんなで行けばいいんじゃない？」

「みなさん忙しいみたいなので、今日は私だけでいいです」

「ふーん、そうなんだ。ちなみにリファの用事ってなに？　俺が手伝えるなら手伝うよ」

「それは大丈夫です。ハルトさんはこれから忙しくなると思いますので、ちゃんとお屋敷にいてください。色々と予定がありますから」

「えっ？」

いつの間にか自分の予定が組まれていたようでハルトが驚く。

「あまり時間がありません。アルヘイムまで転移をお願いします」

「わ、わかった」

リファに押し切られる形で、ハルトはアルヘイムまでの転移魔法陣を展開した。

「本当にひとりでいいの？」

「はい！　用が済みましたらハルトさんをお呼びします。このブレスレットに話しかければいいのですよね？」

「うん。それで俺と連絡が取れる」

転移魔法の応用で、ハルトは家族全員に配ったブレスレットに通話機能を付与していた。

「ありがとうございます」

リファがハルトに軽くキスをした。

「それでは、いってまいります」

「気をつけてね」

ハルトに手を振りながらリファは彼が用意した転移魔法陣に入り、アルヘイムに転移した。

「最近のハルトさん、私がいつキスしても平然としていますね。私は今でもこんなにドキドキしているのに……」

転移先のアルヘイムが見渡せる高台に着いたリファが呟く。

何人もの女性たちから日々キスをせがまれれば、さすがに慣れてしまうのだろう。それは仕方ないのかもしれないが、リファは自分だけドキドキしているのが腑に落ちなかった。

「性格を少しだけ変えられる分身魔法って、どうでしょうか？　うぶなハルトさん……。ちょっと可愛いかも。そんなハルトさんと、お互いドキドキしながら一晩を――」

リファの妄想が膨らんでいく。顔が綻ぶのを止められないようだ。

少しして、彼女は軽い足取りでアルヘイムへと移動を始めた。


――＊＊＊――


「ハルト、おはよーにゃ！」

「おはようございます。ハルトさん」

「メルディ、ルナ。おはよう」

リファを転移させた後すぐ、今度はメルディとルナが声をかけてきた。

「ハルト、ウチらをベスティエまで転移させてほしいにゃ」

「お願いします」

「いいけど……。なんで？」

「理由はまだ教えられないにゃ。それじゃあ、ダメかにゃ？」

ズルいよメルディ。それはズルい。

そんな顔でお願いされたら断れるわけないだろ。

「わかった。理由は聞かない」

俺はベスティエまでの転移魔法陣を展開した。

「はい、ベスティエまで繋いだよ。帰りはブレスレットで俺に呼びかけて」

「ありがとにゃ！」

メルディが俺に飛びついてきた。そのままの勢いでキスしてくる。彼女の舌はザラザラしていて、ちょっとだけ痛い。

「それじゃ、いってくるにゃ」

「うん。気をつけてね」

俺からメルディが離れると、今度はルナが近づいてきた。

「メルディさん待ってください。わ、私もハルトさんと……」

ルナはまだ俺とのキスに慣れないようだ。恥じらうその姿が可愛くて、こっちもドキドキしてしまう。ルナだけじゃなく、誰とキスする時も少し緊張してる。ただそれをヨウコとかにバレるとからかわれるので、出来るだけ平静を装うようにしてるんだ。

「ルナも気をつけてね。なにかあったらすぐ俺を呼んで」

そう言って、ルナに優しくキスをした。

「……ルナ？」

いつものように・・・・・・ルナが放心状態になる。

「はいはい。それじゃ、いってくるにゃー」

メルディがルナの手を引き転移魔法陣に入っていった。

「ふたりとも、いってらっしゃい」


——＊＊＊——


なんだか今日は屋敷が静かだ。リファとメルディ、ルナが朝イチから外出したけど、それにしたって静かすぎる。

みんなまだ寝ているのかな？

そんなことを考えながら食堂に向かう。


「ハルト様、おはようございます」

「おはよう。ティナ」

食堂には朝食の用意をしてくれているティナの姿があった。

「あれ、今日は俺たちふたりだけ？」

いつもは家族全員揃ってご飯を食べるのだが、ティナが用意した朝食は俺とティナの分だけだった。

「はい。みなさん用事があるようで、お出かけになりました。今日この御屋敷にいるのは、ハルト様と私だけです」

マイとメイは精霊界に帰ったらしい。ヨウコとリュカ、セイラ、エルミアはドラゴンの姿に戻った白亜の背に乗り、どこかに飛んでいったそうだ。

ティナ以外の俺の妻が全員出かけてしまった。出かけることの相談をなにも受けていなかったのでちょっと寂しくなる。みんなを束縛したいわけじゃないから、いちいちどこに行くか報告してほしいわけじゃないけど……。朝の挨拶くらいはしたかった。

「お待たせいたしました。朝ごはんを食べましょう」

「うん。いただきます」

ティナの用意してくれたご飯を食べる。いつも通りすごく美味しい。

……そうだ。ティナしかいない──ではない。

ティナとふたりっきりなんだ！

最近は妻が増えたことで、ティナとふたりっきりっていうのは久しぶりだった。

「今日は俺たちふたりだけなんだよね？」

「はい。その通りです」

「その、もしティナがよければ……。まだ朝だけど、お風呂とか、一緒にどうかな？」

「入ります!!」

ティナが即答してくれた。

「ふふふ。残った──の──です」

「ん？　なにか言った？」

「いえ。なんでもありません」

「……そう」

なにかティナが言っていたけど、小声で聞き取れなかった。

「ハルト様とふたりっきりのお風呂は久しぶりですね。いっぱいイチャイチャしましょう」

「う、うん」

ヤバい。楽しみすぎる。

俺のハルトがハルトしそうだ。


——＊＊＊——


「お父様、ただいま帰りました」

アルヘイム王城の最上階にある王の執務室。そこの扉を軽くノックし、返事を待たずにリファが中に入る。執務室ではエルフ王がひとりで仕事をしていた。

「リファ、よく帰った……。だが、お前ひとりか？」

エルフ王はリファに、魔法学園が休みの期間に一度顔を見せるように連絡していた。

アルヘイムと魔法学園は十日で往復できる距離にはない。ハルトの転移魔法で連れてきてもらうしかないのだ。だからリファを呼べばハルトもついてくるものだと思っていた。しかし実際はリファがひとりで帰ってきたので、彼は少し驚いた。

「みなさんお忙しいみたいでして。ハルトさんの転移魔法で国のそばまで送ってもらい、私だけ帰ってきました」

「そ、そうか……」

あまりハルトとの仲は進展していないのか──と、エルフ王は少し落胆する。そもそもエルフ王がリファに顔を見せるようにと言ったのは、次代のアルヘイム王となるリファとハルトの子供ができそうか確認したかったからだ。

アルヘイム王家には王子がいない。リファと彼女の姉と妹、三人の王女だけだ。第一王女であるリファの姉は既に他国の王族に嫁いでいて、そこで産まれた子はその国の王子となる。

リファの妹で第三王女のリエルは最近、人族の男子と付き合いはじめた。その相手というのがハルトの親友で、賢者ルアーノの孫であるルークだ。大臣たちからは世継ぎのためにリエルとルークを別れさせ、エルフの男を婿入りさせるべきだという意見も飛びだした。

しかしこの国がアプリストスという人族の国に侵攻された時、ルークが類まれなる魔法の才能を見せつけたこと、何よりリエルが本気で彼を好いているようだったので、エルフ王はふたりを別れさせることを躊躇していた。

現状では第二王女であるリファの子が次のアルヘイム王となる最有力候補だった。王家に人族の血が混じることになるが、ハルトはアルヘイムを救った英雄だ。文句を言う者は少ないだろう。また、この世界ではエルフと人族の子であっても、ハーフエルフになるとは限らない。

ハルトとリファを例に見てみると、彼らの子は人族かエルフ族、もしくはハーフエルフになる可能性がある。

できれば彼らにはエルフ族の男子を産んでほしい。というかいくらでも支援するから、エルフ族の男子が産まれるまで子作りを続けてほしい——エルフ王はそう考えていた。

もちろんリファはそんな事情を知らない。

「お父様。今日はお願いがあって参りました」

「願い？」

「はい。秘蔵書が保管されている宝物庫に入りたいのです」

「宝物庫に入るのは構わんが……。まさか秘蔵書を読みたいと言うのではないだろうな？」

「読みたいです！」

「それはダメだ」

「な、なぜですか？」

「この世界の禁術を集めた禁書がいくつもあるのだ。本を開いただけで呪いが溢れ出すこともある。いくら何でも危険すぎる」

「それは承知しています。気をつけて読みますから」

「ならん。そもそもお前はハルトに嫁いでおって王族ではない。そんな者に秘蔵書を読ませられるわけがないだろう」

「そんな……」

エルフ王はそう言うが、実はリファはまだアルヘイム王家に籍が残されていた。そうしなければハルトとリファの子を次期アルヘイム王にできないからだ。リファは元アルヘイム王女だと自己紹介することがあるが、本人も知らないところで彼女はまだ王女としての地位を維持していたのだ。

しかし秘蔵書は危険すぎる。迂闊に本を開いてリファが呪われたりしたらアルヘイム王家の存続に関わるかもしれない。別の者にリファが読みたい本を探させるという方法もあるが、秘蔵書を呪われることなく読めるエルフの魔導師は現在、どこにも存在しなかった。

エルフ族に限らず、世界中探しても秘蔵書を読める者は居ないだろうとエルフ王は考えていた。秘蔵書は古代の遺物だ。そこには忘れ去られた超高位の魔法の数々が記されている。しかし誰もそれを読めない。

本を開けば呪われる。さらに強引に本を開いたとしても、その文字を読める者がいないのだ。だからエルフ王はリファを守りたい一心で彼女に嘘をついた。

「だいたい、なぜ秘蔵書を？　あんなもの現在は保管されているだけで、アレを必要とすることなど滅多にないはずだ」

「それは――」

リファは言葉に詰まる。ティナや精霊族のマイたちですら存在を知らないという分身魔法。彼女たちはそんな魔法を創り出したいのだ。であれば普通に読むことのできる魔導書にヒントが書かれている可能性はかなり低い。だからこそ古代に書かれたという秘蔵書に手がかりがないか確認したかったのだ。

希望が潰《つい》えた。そう思った時――

「やっほー！　リファ、久しぶり」

王の執務室に突如風が渦巻き、その中央に風の精霊王シルフが姿を現した。

「シ、シルフ様!?」

「あっ、お久しぶりです。シルフ様」

ハルトたちがアルヘイムを去った後、この国にシルフが顕現することはなかった。そのためエルフ王は突然現れたシルフに驚愕している。

「リファの魔力を感じたから来てみたの。今日はリファだけ？　ハルトやティナは？」

「本日は私だけ用事があって帰ってきたのです」

「ふーん。リファの用事って、なーに？」

「そ、それは――」

リファが秘蔵書を読みたいとエルフ王に相談しにきたことを説明する。それがハルトに分身魔法を使ってもらって逆ハーレムを実現するためだということはまだ黙っておく。

「なるほど。この国に保管されてる古代の魔導書か。確かにアレは正しい手順で開かないと呪われちゃうから気を付けないといけないね」

「シルフ様、ご存知なのですか？」

「うん。何冊かは僕が前の王様にあげたやつだから。本を開けるの、手伝ってあげようか？」

「よろしいのですか!?」

「うん！　――あっ、でも本を開けられても読めないかも。神様から貰った本とか、僕でも書いてある文字を理解できなのが何冊かあったんだ」

「なんとかなると思います。どんな言語でも理解できるスキルの保有者がいますので」

「それってハルトのこと？」

「いえ。最近ハルトさんと新たに結婚された人族の女の子です」

それはルナのこと。彼女はハルトと同じ世界からこちらの世界に転生させられた時、言語理解というスキルを知の女神からもらっていた。

「なに？　もしやハルトは、お前やティナ様以外とも結婚しているのか？」

「はい。今は私とティナ様を含めて十一人の女性がハルトさんの妻になっています」

「なっ!?」

「あははは。さすがハルトだね！」

「し、しかしお前はシルフ様の御加護をいただいてハルトとの結婚を認められた。だから、その……。なんだ、ほかのハルトの妻より、優遇されているのだよな？」

そうでなくては困る。十一人も妻がいたのではリファが何人も子どもを作らせてもらえないかもしれない。エルフ王はそう危惧していた。

「じ、実は……。シルフ様の御前で申し上げにくいのですが、私たちハルトさんの妻は全員が創造神様に祝福され、結婚を認められました。ですから加護の面で見ると平等なのです」

「そ、創造神様が祝福を!?」

「えっ、すごいじゃん！」

シルフがふわふわと飛んでリファに近づき、彼女の頭に軽く指を触れた。

「おぉ。ほんとだ……。あれ？　でも、僕があげた加護も残ってるよ？」

この世界では上位存在が祝福や加護を与えると、下位存在の加護は上書きされて消えてしまうのが普通だった。創造神の祝福という、世界最高の恩恵があるにもかかわらず、リファにはシルフの加護も残されていた。

「私はシルフ様に加護を頂けたことがこの上なく嬉しくって……。創造神様が祝福してくださる際に相談したところ、シルフ様の加護も残してくださったのです」

「そうなの⁉　リファ、ありがと！　僕、リファのことだいすき‼」

シルフがリファに抱きついた。

「そ、創造神様にご相談？　い、いったいリファは、なにを言っているんだ？」

あまりに次元が違う会話で、エルフ王は思考がうまくまとまらなかった。世界樹の化身であるシルフ。顕現すること自体も滅多にない風の精霊王シルフが、自分の娘に抱きついている目の前の状況もイマイチ呑み込めない。

必死に状況を理解しようとしているエルフ王にリファが追い打ちをかける。

「お父様。シルフ様がいらっしゃれば秘蔵書を開けるのに危険はないですよね？　……あっ。私が王族じゃなくなったから、やはり秘蔵書は見せていただけないのでしょうか」

「リファって今、王族じゃないの？　確かアルヘイム王家って、誰かが王族から抜けたり入ったりする時は僕に報告してくれるよね？　リファの件、聞いてないんだけど」

「そうなのですか？」

「そ、それは、その――」

エルフ王の額から滝のように汗が流れ落ちる。


リファを想って王族から抜けたことにしたとエルフ王が謝罪した。そしてリファは秘蔵書を読むことを許可されたのだ。

「ところで、秘蔵書を開くことができても、私もシルフ様も読めないんですよね？」

「ハルトのところに持っていって、読める子に読んでもらえばいいじゃん！　僕もハルトのお屋敷いきたい！　だから何冊か秘蔵書を持ち出していいよね？」

秘密裏に所蔵しているから秘蔵書なのだが――そんなことをエルフ王が精霊王シルフに言えるわけがなかった。

「シ、シルフ様が秘蔵書を守ってくださるというのでしたら、なにも問題はございません」

「わかった。守るよ！」

「お父様、シルフ様。ありがとうございます」

その後リファはシルフと共に宝物庫に入り、古代の魔法が書かれている秘蔵書を数十冊も持ち出していった。

――＊＊＊――


メルディとルナはハルトに転移してもらい、獣人《ベスティエ》の王国までやってきていた。その足で武神が祀られている武の神殿へと移動する。

「メルディさん。お父様にご挨拶しなくてよろしいのですか？」

久しぶりに国に帰ってきたというのに、メルディが父である獣人王に会いに行こうとしなかったので、ルナが疑問を投げかけた。

「あんまり時間がないから、お父様への挨拶なんて調べものが終わった後でいいにゃ」

「そ、そうですか」

「そうにゃ。だいたいお父様がいる王城には、すごい魔導書なんて保管されてないから、そこに行く意味がないにゃ」

「王様のお城なのに……。秘蔵書みたいなのはないんですか？」

「ないにゃ。獣人族って脳筋が多いから、そもそも本を読まない奴が多いにゃ」

メルディはルナやそのほかのクラスメイトと比較すると勉強ができるほうではない。しかしそんな彼女も試験勉強などでたくさんの魔導書を読んでいる。

彼女は獣人族の中では珍しく勤勉な存在だった。また、メルディの学力が低いかと言われると、そうではない。彼女は同学年の中では上位に入る成績を残しているのだが、他のクラスメイトが上級生を含めた学園全体の成績順位で最上位に入るため、相対的にメルディの学力が低く見られてしまうのだ。

メルディはベスティエの王城に保管されている書物は全て読破していた。それは獣人族でありながら魔法を使う職に適性が出てしまった彼女が必死に強くなろうと足掻いた証だ。

「この国で分身魔法のヒントになりそうなのって、もう武神様の神殿くらいしかないにゃ。だからルナはウチじゃなくて、リファとかについていけばよかったかもにゃ……。ゴメンにゃ」

「問題ありません。私は久しぶりにメルディさんとふたりでお出かけできて嬉しいです」

クラス全員で他国に出かける際、ルナはメルディと同室になることが多かった。その時ふたりは、いつもひとつのベッドで一緒に寝ていたのだ。誰かと一緒に寝ることが好きなルナは、一緒に寝ようと誘ってくれたメルディのことが好きだった。

「ウチとふたりでいいのかにゃ？」

「ええ。私はメルディさんが大好きですから」

柔らかく微笑むルナが、メルディにはすごく可愛く見えた。

「ウ、ウチもルナのこと大好きにゃ！」

「あはは。メルディさん、くすぐったいです」

メルディがルナに抱きついて、その頬をぺろぺろ舐めた。少しザラザラするメルディの舌が適度に心地よく、ルナから笑い声が漏れる。

「ルナにちょっと……。相談があるにゃ」

少ししてルナから離れたメルディ。彼女が頬を赤らめながらルナに話しかけた。

「なんでしょう？」

「今回は添い寝してくれるハルトを増やすために、ウチらは分身魔法を創ろうと動いてるにゃ。でもいつかは、添い寝だけじゃなくて――」

「そ、それって」

ルナはメルディの言いたいことを理解した。そして彼女も顔を真っ赤に染める。

「ウチ、そーゆー経験がないから。で、できれば、その……。初めてハルトとする時は、ルナと一緒にしたいにゃ」

「わ、私と一緒にですか!?　で、でも、私だってそんな経験ありません」

「ひとりはちょっと怖いのにゃ。ウチ、ルナと一緒なら、大丈夫かにゃって」

メルディがルナのローブの裾をつまむ。その手が震えていた。

「ルナは、嫌かにゃ？」

さすが猫の獣人だ。甘えるのが上手すぎる。うるうるした目でメルディにおねだりされ、ルナがそれを拒否できるはずがなかった。

「わかりました。ハルトさんがいいって言ってくだされば、ふたりでさせてもらいましょう」

「いいのかにゃ!?」

「はい。私もメルディさんと一緒にできたら……。その、嬉しいです」

「やった！　約束にゃ!!　ハルトとする時、ルナとウチは一緒にするにゃ!!」

「ちょ、ちょっとメルディさん！　そんな大きな声で言わないでくださいよぉ」

周りにヒトがいないとはいえ、大声で夜の営みを一緒にすると宣言されてルナの顔はさらに赤くなっていた。

「ごめんにゃ。でも、そうと決まれば俄然ヤる気がでてきたにゃ！」

実はルナもメルディも、ハルトの隣で寝る日はドキドキしすぎて朝まで眠れないことが多かった。まだハルトと一緒に寝るローテーションに入って日が浅いふたりには仕方のないこと。しかしずっとその調子ではハルトがその気になった時、チャンスを逃すかもしれない。まずは彼との添い寝に慣れるため、彼女たちは分身魔法を創りたかったのだ。

「ハルトと一緒に寝るのに慣れるため、サクッと分身魔法を創るにゃ！」

「は、はい。頑張りましょう！」

分身魔法に関するヒントを探すため、ふたりは手を繋いで武神の神殿へと歩き出した。


――＊＊＊――


ヨウコとリュカを背中に乗せた純白のドラゴンが上空を超高速で飛行している。そのドラゴンは白竜である白亜の本来の姿だ。

ハルトの屋敷を出た時、白亜の背中にはセイラとエルミアも一緒に乗っていた。セイラたちを聖都サンクタムまで送り届け、今はリュカの故郷、竜人族《ドラゴノイド》が住む里に向かって飛んでいる。

その途中――

「ここらで良いか。白亜よ、乗せてくれてありがとなのじゃ」

突然ヨウコが白亜の背中から飛び降りた。下は海だ。見渡す限り陸地はどこにもない。

「ヨウコさん!?　は、白亜様！　ヨウコさんが――」

ヨウコが白亜の背中から落ちたと勘違いしたリュカ。彼女が慌てて白亜に声をかけた。

「リュカ、心配いらないの。アレは完全体の九尾狐。心配なんて、するだけ無駄なの」

「えっ」

リュカが唖然としていると、落下中のヨウコの身体が突然変化した。全身を綺麗な白い毛で覆われた九本の尻尾をもつ巨大な狐の姿になったのだ。

さらに次の瞬間、リュカは自分の目を疑った。

「う、うそ……。海の上を、走ってる？」

白亜の飛行する方角とは逆方向へ、ヨウコが海上を疾走していった。リュカと白亜の目的地である竜人の里と、ヨウコの目的地である極東の島国は、聖都からはそれぞれ正反対に位置している。ハルトの屋敷や聖都から九尾狐の姿になって移動してもよかったのだが、それをすると高速で移動する際、ヒトに見られる恐れがあった。だからヨウコは、ヒトに見られることの少ない海上に出るまで白亜の背に乗ってきた。

ヨウコは他者の意識を逸らす認識阻害の魔法を使うことができる。しかし高速移動で発生する衝撃波は消せない。その衝撃波はヒトを簡単に消し飛ばすほどの威力がある。また、身体が大きすぎてヨウコの認識阻害の魔法が届かない距離からヒトに見られてしまう可能性もある。

九尾狐は『災厄級』と呼ばれ、この世界ではドラゴン以上――魔王クラスに危険な存在なのだ。もし存在が知られれば討伐軍が結成され、ハルトたちと暮らすグレンデールに押し寄せることになるかもしれない。

ちなみに討伐軍は完全体になる前の九尾狐を倒すためにやってくる。もし本当に討伐軍が来たとしても、既に完全体になってしまったヨウコを倒す手段などない。完全体の九尾狐を倒すのなら魔王を倒せる者――つまり、異世界から来た勇者級の戦力が必要になるのだ。

高速で飛んでいる白亜とは反対方向へヨウコは海上を走っていった。あっという間にヨウコの姿がリファの視界から消えた。

「あの……。ヨウコさんって、もしかして白亜様くらいお強いのですか？」

人化した竜とヒトが交わり生まれたのが竜人族《ドラゴノイド》という種族。竜とドラゴノイドは基本的に同等の立場なのだが、白亜は竜族の中でも上位の存在であったため、リュカは白亜に対して丁寧な対応をとっている。

「完全体じゃない九尾狐ならなんとか勝てるの。だけど、アレは無理。アレって災厄だよ？　邪神に力を分け与えられた悪魔――『魔王』と同等クラスか、それ以上の存在」

「ま、魔王以上⁉」

「魔王っていっても色んな強さのヤツがいるから一概にはいえないけど。でも正直、なんでアレが人族と一緒にいられるのか、わけがわからないレベルなの」

「そ、そうなのですか」

リュカは家族の中に魔王がいるという事実に気付いてしまった。

「あれ……。もしかして、そのヨウコさんを主従契約で従えているハルトさんって――」

「あー、うん。バケモノなの。私なら何があっても、絶対に逆らわないの」

白亜が管理をしていたダンジョンにハルトたちがやってきた時、彼の魔法である騎士たちを見て、彼女は戦わずして降伏することを決めた。全力を出せば十体くらいなら倒せるかもしれない。しかしハルトはその魔法の騎士をおよそ百体作り出したのだ。

「リュカ。竜族とドラゴノイド族の繁栄のため、絶対にハルトと敵対させちゃダメなの」

「わ、わかりました」


白亜たちはドラゴノイドが住む里に辿り着いた。上位の竜族である白竜がドラゴン形態で飛来したため、里全体が慌ただしくなる。人化した白亜がリュカと一緒に里の中に入ろうとすると、里の入り口付近で住人たちが平伏していた。

「白竜様。ようこそおいでくださいました。里長をしております、ククルカと申します」

ドラゴノイドたちの先頭にいた妖艶な美女が白亜に向かって挨拶を述べる。

「私は白亜なの。少し用事があって、竜の祠に入りたいの」

「白亜様。大変申し訳ございません。現在は竜の巫女が不在でして――」

「お母様。私はここにいます」

「えっ、リュカ？」

竜の巫女が居なければ、竜族であっても竜神が祀られている竜の祠に入ることはできない。その竜の巫女とはリュカのことで、彼女はククルカの娘だった。

「なんであなたが白竜様と？」

「ただいま戻りました。私も竜の祠に用事があって、白亜様に送り届けていただいたのです」

「送り届けて——って、もしかしてリュカ、白竜様の背中に!?」

ククルカから強い殺気が放たれる。それを受けてリュカが身を震わせた。

ほとんどの竜族はあまり気にしないのだが、ドラゴノイド族は上位の竜に対して礼節を重んじる者たちが多い。

この世界の竜族は最上位が色竜と呼ばれる赤竜、白竜、青竜、黒竜の四種。次いで上位の竜が各属性を冠した火竜、水竜、土竜、風竜、雷竜、光竜、闇竜だ。これらは属性竜と呼ばれる。属性竜の中には複数の属性を持つ竜もいる。火と風の属性を持つ炎竜や、水と風と雷の属性を持つ氷嵐竜《ブリザードドラゴン》などだ。複数属性の竜でも、基本的に属性竜では色竜に勝てない。

色竜や属性竜は人語を理解し、ヒトとの会話が可能だ。属性竜の下には飛竜《ワイバーン》という、色も属性も持たない竜種がいて、これの数が最も多い。そのワイバーンですら危険度Aランクの魔物を瞬殺できるほどの力があるのだ。

この世界において、竜は魔物の頂点に君臨する種族。そんな最強種の頂点が色竜だった。だから色竜《しきりゅう》の背に乗るなど、年配のドラゴノイドたちには到底許せることではなかった。

「ククルカ。リュカを怒らないでほしいの。断る彼女を、私が無理やり背中に乗せてきたの」

「白亜様が、そうおっしゃるのであれば」

ククルカからリュカに向けて放たれていた殺気が消える。

「それにリュカは私と同じ白竜に戻れるの。だから私とほとんど同格なの」

「そ、それは。そう、なのですが……」

ドラゴノイドが竜化することを竜族は『竜に戻る』と言っている。

「あとね、今は私もリュカも家族なの。同じヒトを旦那様にしたの。だから私とリュカの立場は、たいとーなの」

「は、はい？」

ククルカは白亜の言葉を聞いて固まった。

「お母様。ご報告が遅れてすみません。この度、私は人族のハルト＝エルノールさんと夫婦の契りを交わしました」

「じ、人族!?　リュカ、自分の役割を忘れたの？　アナタは竜の巫女なのよ。弱くて短命な人族となんて――」

「ククルカ、それ以上の発言は気をつけたほうがいいの。いくらリュカの母でも、ハルトを見下す発言は許さない」

「ひっ!?」

リュカとリューシンの父、リューデンほどではないが、ククルカもドラゴノイドの中ではかなり強く、里長に選ばれるほどの実力者であった。そのククルカが恐怖で動けなくなる。

可愛らしい少女の姿をした白亜が、その見た目からは考えられないほどの冷たい殺気を発していたからだ。

「白亜様、すみません。殺気を鎮めてください。里のみんなが恐怖してしまっています」

白亜がククルカに向けて発した殺気はククルカだけでなく、里にいる全員に死を想像させるほどの恐怖を与えていた。

「うぁ、ちょっとやりすぎた。ごめんなの」

白亜の殺気がおさまる。それと同時にドラゴノイドの何人かがその場で気を失った。

「お母様。私はしっかり竜の巫女としての務めを果たしました」

「それは、どういう意味？」

「ハルトさんは完全竜化したリューシンを殴って倒しました。それほどの力を持つハルトさんと私は結婚したんです」

「リューシンが完全竜化？　そんな……早すぎる。い、いや、それより、完全竜化したリューシンを倒した？　そんなわけない。だってあの子は――」

「リューシンは黒竜になりましたよ。立派でした。ですがハルトさんは、そのリューシンを拳ひとつで吹き飛ばしたのです」

「えっ？　こ、拳で？　人族が、素手で黒竜を？」

色竜の中でも最も攻撃力が高く、凶暴な竜――それが黒竜だ。そんな黒竜に完全竜化した息子が人族に倒されたなど、ククルカが信じられるはずがなかった。

「ちなみに私もハルトには絶対勝てないの。だからハルトに敵対しちゃダメだよ。これは私からの忠告」

「そんな……。では白亜様がそのハルトという者と結ばれたというのは、事実なのですか？」

「うん。リュカも一緒に、なの！」

そう言いながら白亜はリュカの腰に抱きついた。


白亜とリュカは里の最奥にある祠《ほこら》の前まで来ていた。ここは竜族とドラゴノイド族の信仰の対象——竜神が祀られた祠だ。この祠の周囲には強力な結界が張られており、普段は竜族であっても近づくことができない。竜神の加護を受けた竜の巫女がいる時のみ、祠の側まで来ることができるのだ。

「白亜様は竜神様とお知り合いなのですよね？」

「うん。私は赤竜のおじちゃんに戦い方を教えてもらったの」

竜神は神ではあるが、神族の中では地位が低い。竜神を信仰するドラゴノイドと竜族の数が少ないのが原因だ。そのため神であっても希に存在が消えることがある。

そして竜神が消えると、創造神によって次の竜神が竜族の中から選ばれる。竜神は神族としては珍しく代替わりする神であった。現在は白亜の知り合いであった赤竜が竜神となっている。

「竜神様、顕現していただけるでしょうか？」

「どうだろう？　私たちのお話、聞いてくれるかな？」

リュカと白亜は分身魔法のヒントを探すためにここにやってきた。竜族やドラゴノイドは長寿の種族だが、記憶力が良いせいで基本的に書物を残すようなことをしない。

そのためふたりが分身魔法のヒントを探すとなると、本を探すのではなく魔法に詳しい竜やドラゴノイドに直接話を聞かなくてはならないのだ。

白亜もククルカも分身魔法の存在を知らなかった。となれば白亜以上に長くこの世界に生きている竜の話を聞くしかない。しかし色竜は個体数が少なく、白亜ですら仲間がどこに生息しているのか把握していなかった。

そこで思いついたのが、リュカと一緒に竜神の祠に来ることだ。竜神の祠からなら、かつての知り合いであった赤竜に声をかけることができる。そう考え、ここまでやってきた。

「とりあえずおじちゃんを呼んでみるの！」

「そうですね。やるだけやってみましょう」

リュカが服を脱いだ。全裸になった彼女の身体が光り出す。彼女の身体に点在していた白い竜の鱗が少しずつ大きくなり、彼女の身体を覆っていく。まるで純白の巫女装束を纏っているかのような姿となった。そのリュカが透き通るような声で神に呼びかける。

「竜神さま、リュカです。お尋ねしたいことがございます」

「おじちゃーん！　ちょっと出てきてほしーの」

リュカに合わせて白亜も祠に向かい声をかけた。

正装を纏った竜の巫女と、最上位の竜である白竜の呼びかけにより、竜神を祀った祠がぼんやりと輝き始めた。

「リュカ、それに白亜か。懐かしいな」

真っ赤な髪と瞳のイケメンが現れた。竜神である赤竜が人化した姿だ。

「竜神様」

リュカは竜神の前に膝を突いた。

「おじちゃん、お久しぶりなの！」

「あぁ。ふたりとも元気そうで何よりだ。リュカ、人族の学園はどうだ？　良い伴侶は見つかったか？　──っと、これは？」

リュカたちに話しかけていた竜神があることに気付いた。

「なにかお前たちから、懐かしい匂いがするな」

「匂い、ですか？」

「私たち、匂うの？」

「普通の匂いではない。なんというかこれは、魂の香りだ」

竜神はこの匂いが嫌いではなかった。

「そうだな……。ありえるはずがないのだが、お前たちから勇者の魂の匂いがする」

03

竜神の報復《リベンジ》

LEVEL 1 NO SAIKYO KENJYA

俺は赤竜だ。創造神様より指名を受け、獣人の王国にあるダンジョンの管理をしていた。そこは勇者を育てる目的で創られた勇者専用ダンジョンだった。普段は冒険者たちがやってくることもなく、とにかく暇だった。

今からおよそ百年前、ずっと誰も来なかった俺のダンジョンに、ついに勇者がやってきた。その時はこの上なくテンションが上がったのを覚えている。最終層まで辿り着いた勇者に言ってやりたい台詞の候補を千も考えていたからだ。

俺のダンジョンに挑戦した勇者は男女二人組だった。恐らく異世界から転移してきたのであろう人族の勇者と、ハーフエルフの女。女のほうは勇者の付き添いだったのだろう。ハーフエルフのほうが剣筋が良かったのを覚えている。

勇者の戦闘力は高いが、たまに危なっかしい場面があった。それを上手くハーフエルフの女がカバーしていた。なかなかバランスの良い組み合わせだったと思う。

そして勇者たちは俺が待つ最終層へとやってきた。

「グハハハッ、勇者よ、よくぞここまでたどり着いた。待っていたぞ」

俺の前に立つ勇者たちに、百年考え続けてきた『ダンジョンのラスボスっぽい台詞』を言うことができて少し満足していた。あとは適当に相手をしてやろう――そう考えていた。

俺はダンジョンを管理する水晶で勇者たちの動向を見ていたから、ヤツらには俺を倒せるほどの力がまだないことを知っていた。

戦闘が始まると、ヤツらは上手く連携して俺の攻撃を避けながら攻撃してきた。それでもやはり俺に傷を負わせられるほどの攻撃力は有していなかった。どう足掻いても俺を倒すことなど不可能だ。さっさと諦めて出直してこい。そう思っていたのだが――

急に女が剣を納めて勇者の後ろに移動した。

次の瞬間、俺の生存本能が今すぐこの場から逃げろと叫びだした。

それは恐怖――最強の竜となった俺がヒトを前にして初めて抱く感情だった。

愕然とする俺に対して、勇者が放った言葉を今でも覚えている。

『悪いな、ちょっとズルさせてもらうぞ』

勇者はハッキリそう言った。それまで本気を出さずに俺と戦っていたのだ。しかし俺に勝てないと悟った勇者は、異世界からやってきた勇者特有のチートスキルを使った。


俺は負けた。手も足も出なかった。

ありえない速度で移動する勇者の姿を視界に捉えることもできず、気付いた時にはボコボコにされていた。そのまま一切の慈悲もなく、勇者は俺に止めを刺した。

倒されそうになった時、勇者に言いたかった台詞もいっぱい考えてたのに――ヤツは俺になにも言わせてくれなかったのだ。

俺の最後の言葉は『えっ、ちょ、ま――』だった。

くそぅ。ダサすぎる。

俺は死んだ。

死んだはずなのだが、目が覚めた。

目の前に創造神様がいて、俺を次の竜神にすると言ってくださったのだ。創造神様が俺に新たな生命を与えてくださった。

生命を与えられた、というのは少し違うな。

俺は神になったのだから。生き死にとは無縁の存在になった。ただ、あまりにも俺への信仰心が少なすぎると、存在が消滅することもあるらしい。

とはいえ神はこの世界のヒトや魔物に直接手出しできない。そこで俺は『竜の巫女システム』を作りあげた。俺が指名した竜人族の女——竜の巫女に加護と力を与え、竜人族や竜族のケガを癒させるようにしたのだ。

竜族たちが彼女に感謝すると、その気持ちは俺への信仰心として、俺の糧となる。

創造神様の『聖女』をちょっと真似した。

アレはよくできたシステムだ。

パクったわけじゃないぞ？　オマージュだ。

神としては若い俺だが、結構上手くやっていると自負していた。

そんな俺を、白竜と竜の巫女が呼んでいた。

白竜とは昔よく遊んでやった。実は俺が神になる前、白竜と何度か戦ったことがあるが、幼い白竜のほうが強かった。彼女は才能の塊だ。ちょっと悔しかった。

しかし竜神となった今、俺が白竜に負けることはない！　――と思う。

俺……。白亜に勝てるよな？

今の竜の巫女はよく働いてくれる。つい最近も大量の信仰心が俺に飛び込んできた。懐かしい白竜と、俺に信仰心を届けてくれる竜の巫女が呼んでいたので、顕現してやることにした。

対面したふたりから、あの勇者の魂の匂いがした。微かだがハーフエルフの匂いも感じる。

俺は竜であった頃から、ヒトの魂の匂いを嗅ぐことができた。

「お前たちから俺が昔、負けた勇者の魂の匂いがする」

そんなことありえるはずがないと思いながらも、懐かしくてつい声に出してしまった。

「おじちゃんが、負けた？　それって――」

「もしかして、守護の勇者様のことですか？」

「そうだ。たしか、ヤツはそう呼ばれていた」

神になった後、俺を倒したヤツが守護の勇者と呼ばれていたことを知った。守護の勇者は後ろに守るべき者がいる時、ステータスが倍増するらしい。

仮に当時の勇者がレベル１００であったとすれば、ハーフエルフの女が剣を納めて勇者の背後に移動したことで、勇者のステータスはレベル２００相当にまで上昇していたということだ。

そんなのチートじゃねーか!!　だから俺が負けたのも仕方ないんだ。

まぁ、神となった今の俺であれば、ヤツに敗れることなどないはず。

かつて自分が負けたことを正当化しようとしていたら、白竜の口からとんでもない情報が飛び出した。

「その守護の勇者、実は転生したの」

「——は？」

な、なに？　どういうことだ？

「それは事実なのか？」

「はい。事実です。竜神様が感じられた守護の勇者の魂の匂いは、彼のものだと思います」

竜の巫女が答えてくれた。竜の巫女は俺に嘘をつけないはずだ。

守護の勇者が転生した？　えっ、マジで!?

と、ということは——

「ヤツに、報復《リベンジ》するチャンスだ!!」

「えっ、あ、あの……。竜神様？」

「ふははは、守護の勇者よ。この世界に戻ってきたのは失敗だったと後悔させてやろう」

なに、殺すつもりはない。

少しだけ昔の仕返しをしてやる。俺が考えていた台詞を言わせてくれなかった仕返しだ。

神は直接ヒトに手を出せないが、それは人間界での決まり。守護の勇者を神界に連れ込んで、そこで戦いを申し込めばいい。俺に勝ったことのあるヤツは油断するはずだ。あとは戦う理由さえあれば……。なんとかして勇者が俺と戦いたくなるような理由を探さなくてはいけない。

まぁ、それはヤツと会ってから考えればいいか。神となった俺には、勝った際の報酬として提示できるものが山のようにあるのだから。

もちろん、負ける気など全くない。俺の前に膝をつくヤツにむかって、かつて言えなかった『あの言葉』を言ってやるのだ!!

俺は久しぶりに赤竜の姿になった。

その身体は神となったおかげで以前と比べ物にならないほど力が満ち溢れていた。俺は竜の巫女と、人化している白竜を掴んで飛び上がった。

俺の突然の行為に驚いているようだが、巫女も白竜も暴れることなく俺の手の中で大人しくしている。このふたりに染み付いた匂いを辿れば、勇者のもとへと行けるはずだ。

ふははははっ。待っていろ、勇者よ。

今からゆくぞ!

百年前の恨み、晴らさせてもらおうか!!


――＊＊＊――


「ハルト様。強い気配が高速で近づいています」

ティナがなにかの接近に気づいて身体を起こした。

「強いって、どのくらい？」

「恐らく私より強いです」

「えっ!?」

この世界最強の魔法剣士より強いという。

ちょっとヤバい。

それの目的地がここじゃなければいいな、と思っていると――

「こ、これは」

「どうしたの？」

「リュカさんと白亜さんの魔力がそれと一緒に移動しています」

「マジか」

ということは『それ』の目的地は恐らくここ。俺の直感がそう告げている。

いったい、なんなのだろう？

ふたりと一緒だというのなら、竜関係の誰かかな？

敵じゃないといいけど……。

「ちょっと見てくる。もしここで戦闘になったら学園が危ない」

「そうですね。私も――」

「ティナは休んでて。疲れたでしょ？」

そう言いながら、ネグリジェ姿で上半身を起こしていたティナを軽く押してベッドに寝かせる。彼女はほとんど抵抗することなく、ベッドに横になった。

「で、ですが」

「大丈夫。なんとかなるよ」

彼女の頭を撫でながら軽くキスして、俺はリュカが身につけているブレスレットを目指して転移した。


——＊＊＊——


「えっ、ハルトさ——」

「リュカ！」

リュカのそばに転移したハルトだったが、リュカを掴んだ竜の飛行速度が速すぎて、一瞬でその場においていかれてしまった。

ハルトは風魔法の応用で空気を圧縮して足場を作り、滞空できるようになっていた。しかし彼はまだティナのように自由自在に空を飛ぶことはできない。

リュカと白亜が、巨大な赤い竜に掴まれていた。ふたりとも無事そうではあったが、状況がわからない。とりあえずハルトは竜を追いかけることにした。

魔衣で身体能力を強化し、風魔法で足場を作りながらそれを踏んで空を翔ける。しかし竜の飛行速度が速く、いくらハルトが全力で翔けてもどんどん差が開いていく。

もう少ししたら声も届かないほどの距離が開きそうになった時——

「はるとー！　助けてなの!!」

助けを求める白亜の声がハルトの耳に届いた。

届・い・て・し・ま・っ・た。


「白竜よ、なにか言ったか？」

ハルトの魂の匂いがする方角に高速で飛行していた竜神は、その手で掴む白亜がなにかを叫ぶのを聞いた。

竜神は久しぶりに竜の姿になったため、風魔法を展開して風切り音を軽減するのを忘れていた。そのせいで白亜の叫びが聞こえなかったのだ。それが失敗だった。——否。竜神の一番の失敗は、リュカと白亜を手で掴んで運ぼうとしてしまったことだ。

「ん？」

なにかが竜神の前に現れた。

そしてそれが一瞬で竜神の視界から消える。竜神の両手に激しい痛みが走った。

「——ぐぅあぁぁああ!!」

竜神の両手が切り落とされたのだ。突然襲われた痛みでわけもわからず、竜神は空中をのたうち回る。

その頃、覇国で竜神の腕を切り落としてリュカと白亜を助けたハルトは、ふたりを地上に降ろしていた。

「もう大丈夫。アレは俺が殺る」

そう言ってハルトは再び空中へ翔けていった。

「ハ、ハルトさん！　あの御方は」

リュカが声をかけるが、その時には既に数千本の炎の槍が竜神の周囲に展開されていた。

「ファイアランス!!」

ハルトの詠唱で炎の槍が次々と竜神へと向かい高速で飛んでいき、その身に突き刺さる。

しかし相手は神だ。元から高い魔法耐性を持っていた赤竜が、神格へと至った存在。魔力消費量がたった２の魔法など、数千発被弾したとしても大したダメージではなかった。とはいえ絶えず全身に突き刺さるファイアランスのせいで身動きはできない。だから竜神は待った。

自分の周りを囲う炎の槍による攻撃が途切れた時が反撃のチャンスだ――と。

（こんなもの、数秒も耐えれば手数は減る。そうなったときが、この魔法の術者の最期だ）

顔に突き刺さる槍のせいで目を開けることはできないが、自分に攻撃をしかけている術者がすぐそこにいることは感じ取れていた。

（誰かは知らんが、神に攻撃を仕掛けたのだ。これで俺にも反撃が許される。さて、どうしてやろうか？）

神に喧嘩を売ったことを後悔させてやる。

そのために、どんな苦痛を与えようか考えはじめた。

数秒経ったが、攻撃は途切れない。

(ちっ、忌々しい。なかなか魔力量は多いようだ)

数十秒耐えたが、まだ攻撃が途切れない。

それどころか飛んでくる炎の槍の数が増えた気がする。

(……あ、あれ? なんで攻撃が終わらないのだ?)

口や喉にも絶えず槍が突き刺さるため声をあげることもできず、竜神はひたすら耐える。


数分経過した。

徐々に肉体の再生が追いつかなくなっていた。

(く、くそが! いったい、どうなっている!?)

竜神に焦りが見え始めた。

神は基本的に肉体を持たない。神々が人間界に顕現する時、神用の肉体が用意されるのだが、それはこの世界最高峰のスペックを誇るのだ。その神専用の肉体に限界が見え始めた。

(ヤバいヤバいヤバいヤバいヤバいヤバい)

神のみが使える特殊な転移魔法で神界へと逃げようとしているのだが、なぜかそれが発動しない。転移用の神字を発現させた端から、その文字に干渉されて転移を妨害されていた。

（あ、ありえない！　俺に攻撃してきているのは神だというのか!?）

もちろん魔法での反撃も試みているが――

魔法が発動する前に全て打ち消されていた。それはまるで竜神がなにをしようとしているか全て把握しているかのように。


ハルトの攻撃が開始して、およそ十分が経過した。

それまでガードをしていた竜神の翼や腕がダラリと下がると、竜神の巨体が落下をはじめる。

巨大な竜が地に堕ちた。

ハルトは魔法の発動を止め、地面に降りてそれに近寄っていった。

「死ねぇ!!」

突然、竜が起き上がり、ハルトに攻撃をしかけた。彼が切断した竜神の両手のうち、右手だけがいつの間にか回復していた。その右手の鋭利な爪がハルトの腹部に――

突き刺さらなかった。

「……え？」

竜神から呆けた声が上がる。

一方でハルトは、腹部に突き立てられた爪など意に介さず、右手を空に掲げた。それにつられて竜神が上を見上げる。

「なっ、なんだあれは……」

高さ方向の終わりが見えないほど巨大な炎の柱が、竜神の真上に準備されていた。

「俺の妻に危害を加えようとしたのが間違いだったな。さよなら」

「えっ、ちょっ――」

「ファイアランス!!」

火への高い耐性を誇る赤竜の身体。それがハルトの超高温の魔法によって、為す術もなく真っ黒に焦がされた。

04

白ヨウコVS黒ヨウコ

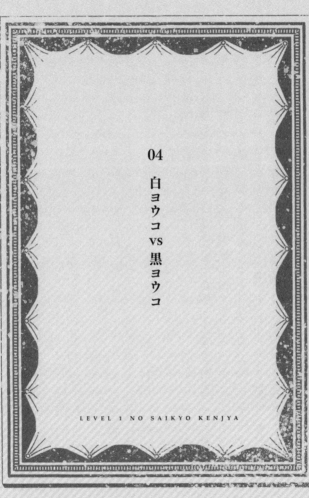

白く巨大な狐が海上を疾走していた。

その狐の尾は九本に分かれている。完全体となったそれがヒトの世に放たれると、数多《あまた》の国が滅ぶと言われている災厄——九尾狐だ。

九尾狐が超高速で海の上を東に向かって進んでいく。目的地は極東の島国、フォノスト。最上位の魔族である九尾狐、ヨウコの故郷だ。

ハルトの妻たちはそれぞれ分身魔法のヒントを探して各地に散った。ヨウコはフォノストのとある霊山に向かっている。そこは彼女が生まれ育った場所。

「ここに来るのは久しぶりじゃ」

霊山に降り立ち、人化したヨウコが呟く。

彼女は目的の場所へと迷わず歩きだした。

フォノストの陸地が見えてから、ヨウコは雲の上を移動してここまでやってきた。膨大な魔力を吸収して完全体となった九尾狐は水の上に立ち、空を翔《かけ》ることができる。

空を翔たほうが早いのだが、魔力の消費が多くなるため途中までは海の上を走ってきた。彼女には魔力をできるだけ節約したい理由があった。九尾狐は自分の意志とは関係なく周囲の魔力を吸収して、その尾に溜める習性がある。溜めた魔力に怒りや悪意が多く含まれると、完全体となった時に九尾狐は暴走し、国を滅亡させる災厄と化すのだ。

現在、ヨウコの尾には賢者ハルトと神獣シロの魔力が満ちていた。悪意の少ない魔力と、神性魔力で満たされたことにより、ヨウコは完全体の九尾狐となりながらも暴走せずに済んでいる。とはいえ魔力は使えば減る。普段であれば減った魔力も膨大な魔力を撒き散らすハルトのそばに居るだけですぐに満たされる。彼と一晩床を共にすれば、尻尾一本くらいの魔力は容易に補充されるのだ。

しかし今はハルトがそばにいない。さらにこの霊山には邪悪な魔力が溢れていた。

「住んでおった時は気付かなんだが、母様の結界の外はこれほど邪《よこしま》な気が濃かったのか」

既に完全体となったヨウコが暴走する可能性は低い。しかし自分の中にハルトやシロのものでない魔力が入ってくるのが嫌だった。

まとわりつく怨みや恐れといった感情を含んだ邪悪な魔力を振り払いながら、ヨウコは歩を進める。この霊山はBランク以上の魔物がひしめき合い、フォノスト有数の危険地帯となっている。そんな場所をヨウコは優雅に歩いていく。

彼女は魔物に襲われるどころか、魔物の姿を目にすることすらなかった。魔物というのは討伐ランクが上がるにしたがってその知能も上がる。Bランクの魔物ともなれば己と相手との実力差を把握し、上位存在の命令でもなければ無闇に襲いかかってくることはない。

ヨウコは人化していたが、その魔力を隠すことをしなかった。普段、冒険者たちを恐れさせ、この霊山に近づくことすら許さない高ランクの魔物たち。それらがヨウコの強さを本能で感じとり、彼女の進むルートから逃げ出していたのだ。

ヨウコは魔物と一度も戦うこともなく目的地まで来ることができた。しかしそこはなにもない、ただの崖だった。

「今でも結界が活きておる。やはり、母様は凄いのじゃ」

ヨウコが手を前にかざすと、その崖に巨大な洞窟が現れた。彼女の母キキョウが、住処であるこの洞窟を守るために認識阻害の結界が張られていたのだ。

洞窟の入口には侵入者を拒む結界も貼られていたが、ヨウコはそれを素通りすることができた。そして彼女は洞窟の奥へと進んでいく。

「母様《ははさま》、ただいまなのじゃ」

洞窟の最奥までやって来たヨウコは、そこに置かれた氷の柱に向かって話しかける。氷柱の中には絶世の美女が閉じ込められていた。

ヨウコの母、キキョウだ。

眠るように穏やかな表情をしているが、キキョウは既に死んでいる。今からおよそ二百年前、ヨウコがまだ幼かった時に死んだのだ。ヨウコはキキョウの死因を覚えていなかった。死してなお美しい母の遺体を朽ち果てさせぬよう、泣きながら氷の封印魔法で保存した記憶しか残っていない。

「……相変わらず、母様は美しいのじゃ」

ヨウコが自分の母に見とれる。

しばらくキキョウを見つめていたヨウコが、思い出したように口を開いた。

「母様。我な、ヒトと契りを結んだのじゃ」

ハルトと結婚したことを母に報告する。

「人族のハルトという男で、ありえんほど強いのじゃ。もしかしたら母様より強いのかも」

ハルトが人族でありながら魔人や悪魔を容易く屠《ほふ》り、各属性の精霊王とも契約を結んでいることなどキキョウに向かって説明した。

「元は主従契約で繋がりを作ったのじゃが、主様《あるじさま》は我の契約を一方的に破棄したのじゃ。しかも我のほうには契約の効果が残るという、わけがわからん御方なのじゃ。異常な男なのじゃ」

ハルトの悪口を言っているのだが、それを語るヨウコはどこか嬉しそうだった。

「主様のそばにおると、とんでもないことが次々起きてな。全く飽きないのじゃ」

ハルトの魔法や、聖都で創造神に会ったこと。創造神から祝福されたことなどを話す。

「我、魔族なのに創造神に祝福されてしまっての……。でもそれで、正式に主様の妻になれたのじゃ！　あー、ちなみに主様の妻は十一人もおるのじゃ。それでの――」

ヨウコはハルトと寝られない夜が寂しいと母に嘆いた。そして同じ意見だった他の妻たちと結託し、ハルトに分身魔法を使ってもらうことにしたこと。その魔法を創り出すために動いているのだとキキョウに説明した。

「我にも、母様くらいの美貌があれば――」

キキョウほどの美女であれば、ハルトを籠絡して独り占めできるかもしれない。そんなことを思いながら、ヨウコが母の封印に触れた。

「――っ!?」

突然、ヨウコを酷い頭痛が襲う。

「こ、これは」

脳を、記憶を他人に弄られる感覚だった。

封印されていた記憶が蘇る。


ヨウコを地面に押し倒す男の手。

首に突き付けられた剣。

腹部から血を流すキキョウ。

逃げる冒険者の姿。


ヨウコは思い出した。

彼女が幼い頃、キキョウが展開した結界の中に突如冒険者が現れ、彼らに捕まってしまったことを。ヨウコを助けようとしたキキョウが冒険者から攻撃を受けたことを。冒険者たちは逃げたが、キキョウを傷つけたのは破魔の特性が強い武器だったことを思い出した。

人族のせいでキキョウが死んだ。母を人族に殺されたという記憶がヨウコに戻ってきた。

賢者と神獣の洗練された純度の高い魔力を吸収したヨウコは、完全体の九尾狐の中でも力を持つ個体となっていた。当時のキキョウの力を今のヨウコは凌駕していたのだ。母の身体を守る封印に触れたことが引き金となり、奪われていた記憶を取り戻してしまった。

ヨウコの中の悲しみや憎悪といった負の感情が高まる。やがてそれは『黒い自我』を形成し、ヨウコの意識に訴えかけた。

《母を殺した人族が憎いであろう？　さぁ、ヤツらを滅ぼそう》

キキョウの身体を封印している氷柱に、憎悪に満ちた顔をするヨウコが写っている。彼女は黒い自我に呑まれそうになっていた。

《人族を殺そう。母を殺した人族を、ひとり残らず》

「ダメじゃ！　母様を殺した冒険者は、もう死んでおる」

二百年眠りについたことで、今のヨウコは黒い自我に抗うだけの精神力を持つほどに成長していた。しかし記憶を取り戻してしまった以上、母を殺した人族への憎悪は消し去ることができない。それが黒い自我の力を増幅する。

《今の『我』には、人族を滅ぼす力がある》

「やめろ、やめるのじゃ」

ヨウコは必死に黒い自我と戦った。しかし人族への復讐を望む自我が暴走を拒む意思を凌駕し、尾に溜めた魔力を解放しようとした。そのまま九尾狐の姿となり、まずは霊山近くの人族の村を滅ぼす気でいたのだ。

暴走する気のないヨウコの意志には身体の主導権がなく、どうすることもできない。しかし

魔力の解放はできなかった。

「……なんじゃ、これは」

魔力を解放して九尾狐本来の姿に戻ろうとする度に右手の甲が酷く痛む。そのせいで上手く魔力を解放させられずにいた。ハルトと結んだ主従契約がヨウコの暴走を止めていたのだ。

「こんなもの！」

契約を破棄するため、自らの右手を切り落とそうとした時――

頭の中で言葉が響いた。

『じゃあ、ヨウコは俺が許可した時以外はヒトに悪意を持った攻撃するのは禁止な』

「あ、主様……」

ハルトの言葉で暴走する気のないヨウコの意志に、彼女の身体の主導権が移動した。

《く、くそ！　忌々しい人族がっ！　まずは奴を殺そう》

黒い自我の抹殺目標が、近隣にいる人族からハルトへと変わる。しかしヨウコは一切焦る様子を見せなかった。

「お主には無理じゃ。主様には絶対勝てぬ」

《我は完全体の九尾狐だ。人族なんぞに負けるわけがない》

「完全体になろうと、あの御方には敵わぬ。お主だとて、それくらい分かっておるだろう」

《う、うるさい！　お前は人族が憎くないのか!?》

「……確かに。人族は憎い」

《だったら、なぜだっ‼》
「母様の仇はもう死んでおる」
《だから他の人族を殺すんだろうが！》
「そんなこと、主様が許さぬ」
《黙れ！　お前がやらぬなら、我がやってやる‼　ひとりでも多くの人族を殺す》
「仮にお主が我の身体を乗っ取ろうとも、主様が我を止めてくださる」
《お、お前はもっと人族を怨むべきだ‼　そうすれば我が人族を滅ぼしてやる》
「人族を怨むのはもう無理じゃ。我が、主様を好きになってしまったからな」
人族のハルトが好きだから、人族に牙を剥くつもりはない。それだけではなかった。これまでずっと彼の異常とも思える力や様々な能力を見てきたヨウコは、ハルトを頼ればだいたいのことはなんとかなると信じていた。なんとかなるという希望を持っていた。
「母様を、蘇生できるやもしれぬ」
《あ、ありえない！　母は死んだ、殺されたんだ‼　二百年も前に》
「確かにそうじゃ。しかし我はすぐに母様の遺体を封印した。母様は我の記憶を奪うと同時に、残っていた力の一部を我にくれた。力の制御ができなかった当時の我は、魂すら束縛する封印術を使ってしまったのじゃ」
ヨウコがキキョウの封印に触れる。
「ここに、母様の魂が眠っておる」

キキョウの魂が封印に囚われていることを感じられた。

「母様。長らくこんなところに閉じ込めてしまって、すまぬのじゃ」

当時のヨウコが意図してやったわけではないが、およそ二百年も魂を束縛してしまったことを心から謝る。

「しかし、そのおかげで母様を蘇生できる」

《た、たとえ魂が残っていたとしても、百年を超える時を別れて過ごした肉体と魂を結び付けられるわけがない！》

「なんじゃ、まだおったのか。そろそろ消えてもよいぞ？　我はお前の声を聞いても、暴走することは絶対にない」

《黙れ！　母が戻るなんて幻想だ。できるわけがない！　蘇生にいったいどれほどの魔力量と、複雑な魔力操作が必要か。お前もわかっているだろ!?》

「もちろんじゃ。逆にお主も母様の蘇生に必要なものを知っておるのか……。まぁ、そうじゃろうな。お主は、我じゃからな」

《あぁ、そうだ！　それにお前は当時自分の力をよく理解もせず、封印をかけた。そのせいで今のお前でも解けない封印となってしまっているじゃないか！》

「我の拙《つたな》い封印程度、主様なら苦もなく解いてしまうのじゃ」

《なっ!?　し、しかし封印が解けたとしても、その者が母の蘇生をしてくれるわけがない。膨大な魔力が必要になる。それこそ、完全体となった我ですら足りないほどの魔力が。それに母

は災厄。九尾狐なのだから……》

「はぁ。お主は我自身なのに、なにもわかっておらぬな。主様の魔力は正真正銘、バケモノ級じゃ。そして主様は稀代の女人好き。来るものみな拒まぬ男じゃ。そんな主様が母様のような美女を見て、蘇生を試みないわけがないのじゃ」

ヨウコは自分の頭に手を当てる。

「とゆーわけで、我はこれから色々することがあるでな。人族に仇なそうとする『悪い我』には眠っておいてもらおうかの」

《なっ!? おい! やめ――》

ヨウコは自分自身を洗脳することで、暴走しようとする黒い自我を封印した。

「さよならじゃ。さて、帰るとするかの」

ヨウコはキキョウが封印されている氷柱を軽く持ち上げると、洞窟の外へと出ていった。

この洞窟にはキキョウが遺した書物が複数あり、ヨウコはそれに分身魔法のヒントがないか探しにきたのだ。しかし書物を残した母を蘇生できれば、本人に聞くのが一番だ。

洞窟を出たヨウコは九尾狐の姿に戻った。そして尻尾で丁寧にキキョウの封印を包み込むと、来た時と同様に空を翔け、霊山を後にした。

05

星霊王の苦悩

「「お父様、ただいまです」」

「マイとメイか。よくぞ帰った」

ここは精霊界の中心にある精霊殿。

我は精霊殿の主にして、全ての精霊たちの王――星霊王だ。そんな我の、可愛い娘たちが帰ってきた。

「なんだ。帰ってくるなら事前に教えてくれればいいではないか」

マイとメイが帰ってきたことを祝って、宴を開きたかった。

「あまり派手にはできんが、精霊界におる精霊を全て呼び集めて、ふたりを出迎えるくらいは良いだろう」

だから事前に連絡してほしかったぞ。

「「……お父様」」

「ん？　なんだ？」

「そんなこと、絶対しないでください」

「お父様がそーゆーことをしそうだったので、連絡せずに帰ってきたのです」

「そ、そうか……。すまぬ」

「「今後も絶対しないでくださいね。精霊さんたちも暇じゃないんです」」

「わ、わかった。次回お前たちが帰ってくる時もやらない。……で、でも。本当に出迎えはいらないのか？　我がその気になれば、精霊界におるヤツらだけじゃなく、人間界におる精霊も全て呼んで盛大にお前たちを出迎えられ――」

ここまで言って我は言葉を止めた。娘が妻に念話しようとしていたからだ。

「すまん。冗談だ！　そんなこと絶対しない!!　だからマイよ。念話で我が妻を呼ぼうとするでない!!」

最近、我への娘たちの態度がなぜか冷たい。昔は我が大量の精霊たちを呼び集めてみせたら、ふたりとも『お父様、すごーい』とかって褒めてくれたのに……。

ちなみにそれをやった時は妻に『忙しい精霊たちを無理やり呼びつけて、いったいなにを考えているのですか!!』と、めっちゃ怒られた。

だって娘たちにカッコいいところを見せたいじゃないか！　ちょっとくらいは王の権限を使ったっていいじゃないか!!　――そんなことを妻に直訴したら、『王とは、なんたるか』を数日間に渡り諭されてしまった。

我が妻も当然のごとく精霊なので、疲れを知らない。そして妻は元々この世界の知識を司る神様に生み出された精霊だから知識量も凄い。妻の説教は本当に一秒の休みもなく数日間続けられたのだ。

以来、我は妻にはあまり逆らわないようにしておる。

妻に頭の上がらない情けない感じの我だが、実は結構偉い存在だ。

この世界を治めるのは創造神様を初めとする神族。しかし神々には直接人間界に手を出せないというルールがある。そこで我々精霊が、この世界のエネルギーの源である『マナ』を様々なエネルギーに変換するなどの役割を担っている。

マナは世界を動かす原動力だ。この世界の住人が、もっとも身近なマナの形態のひとつが魔力。我ら精霊はマナを魔力というものに変換している。つまり、この世界で魔法が使えるヒトの中には必ず精霊がいるのだ。

ヒトの中だけではない。マナを魔力に変換する精霊は魔物の体内にある魔石の中や、龍脈という大地の下を流れる巨大なマナの河にも存在する。

龍脈にいる精霊がこの世界に魔力を満たしているのだ。ちなみにマナを魔力に変換する精霊に意思はない。そしてヒトが魔法を使う時、魔力に火や水、風、土、雷、闇、光といった属性を与えるのだが、その魔力の属性変換も我ら精霊の役割だ。

属性変換を行う精霊には意思のない精霊と、マイやメイ、我のように意思のある精霊がおる。我らのような意思のある精霊は稀にヒトのと契約を結び、普通のヒトが行使できないような魔法を使ってやったりもする。

この世界は精霊が動かしている。

精霊たち全ての王。それが我なのだ。

その気になれば龍脈を止め、世界を崩壊させられる。

まぁ、創造神様からこの世界を任されている我が、そんなことをするはずもないが。結論としてなにが言いたいかというと、我ってなかなか凄いってことだ。

だいたいなんだってできる。そんな我を、娘たちが頼ってきた。

「『お父様、分身魔法ってご存知ないですか？』」

——だと。

もちろん知っておる。我は星霊王なのだから。

この世界に存在する全ての魔法を把握している。

知っておるのだが、娘たちがなんで分身魔法に興味を持ったのか気になった。分身魔法は本体の魔力を等分した自分を創り出す魔法だ。例えば一万の魔力を持つヒトがひとりの分身を創り出せば、本体と分身の魔力量は五千ずつとなる。

しかしこの魔法、発動するのに五千の魔力を消費するので、本体には魔力が一切残らず、魔法を発動させた瞬間に魔力切れで死ぬ。

運良く生命エネルギーを魔力に変換するのが間に合えば死は免れるものの、酷い魔力欠乏症に悩まされることだろう。そもそもこの世界で魔力を一万以上保有できる者など数が限られる。

そんなわけで、この魔法を使える者は滅多に現れないのだ。だからこそ娘たちが分身魔法に興味を持った理由が気になった。

「……あっ」

我は気付いてしまった。分身魔法を使えるかもしれない——いや。確実に使えてしまうであろう者の存在を思い出してしまった。その者は我が娘マイとメイの契約者であり、星霊王である我を強制召喚するほどの魔力を持ったバケモノ。

「まさかとは思うがお前たち、ハルトに分身魔法を使わせようとは思っておらんだろうな？」

あんなバケモノが増えるなど、想像しただけで頭が痛くなる。奴が膨大な魔力を撒き散らすせいで、精霊たちが困惑しておるのだ。

まぁ、その撒き散らされた魔力の大半は、ハルトのそばに居る九尾狐が回収してしまうから、なんとかなっているのだ――というのが現状だ。

「「ハルト様に分身魔法を使っていただきたいのですけど、ダメなのですか？」」

……マジか。

娘たちはバケモノに分身魔法を覚えさせるつもりのようだ。

「理由を。ハルトに分身魔法を使わせたい理由を教えてくれぬか？」

それが納得できるものであれば、分身魔法を教えてやっても良いと思った。珍しく娘たちが我を頼ってくれたのだ。少しは力になりたいと思ってしまった。

「「えっと、その――」」

娘たちが顔を赤らめる。

な、なんだその恥じらう顔は!?　我の前でそんな表情を見せたことなど、これまで一度もないではないか！

「「ハルト様と寝られる日を、増やしたくて……」」

「……は？　ど、どういうことだ？　お前たち、ハルトと、その……。ね、寝ておるのか？」

我は自分でも驚くぐらい動揺していた。

「「あの、ご報告が遅れましたが。私たち、ハルト様と夫婦の契りを結びました」」

「…………」

「「お父様？」」

「――はっ！　す、すまん。少し驚いてしまった。そ、そうか。あのバケ――じゃなくて、ハルトと結ばれたのか。それは良いことだ」

精霊がヒトと結ばれるのは、この星の永い歴史で見れば珍しくはない。しかし寿命がない精霊からしたら、たかだか百年程度で死んでしまうヒトと一緒にいられる期間はあまりにも短い。

娘たちがハルトを好いているのであれば、その僅かな時間を彼と一緒に過ごそうとすることくらい、どうということはない。精霊はヒトとの間に子を作ることはできない。例外はあるが、娘たちはそれに当てはまらない。

所詮、家族の真似事に過ぎないのだ。だからなにも問題ない――我はそう考えた。

「おめでとう。我はお前たちを祝福する」

「「あ、ありがとうございます。お父様！」」

「では我が、お前たちとハルトに加護をやる。さすれば奴も多少は寿命が延びるだろう」

精霊の王である自分がハルトに加護を与えれば、その寿命は倍程度にはなるだろう。可愛い娘たちのために、そのくらいはしてやってもいいと思えた。

「「えっと……。それは無理だと思います」」

「ん？　なぜだ？」

マイとメイは物凄く言いにくそうにしながら、なんとか言葉を選んでいるようだった。

「実は私たち」

「創造神様から」

「祝福をいただいてしまいました」」

「は？」

「創造神様の祝福がありますので、お父様の加護はいただけません」」

「な、なに!?」

マイとメイの頭に手を触れてみた。

「そ、そんな……。本当に創造神様の祝福を受けておる」

「「ハルト様との結婚を創造神様に祝福していただいたのです」」

娘たちに触れて、その言葉が真実だとわかってしまった。

「バカな、創造神様がヒトと精霊の契りを祝福するなど聞いたことが——ん？」

他にも気になることがあった。

「お、お前たち。最近ハルトとの結婚と創造神様から加護をいただいたこと以外に、なにか変わったことはないか？　なにか我に、報告し忘れておることはないか？」

「変わったこと？」

「なんでしょう？」

マイとメイはキョトンとしている。

我はふたりに触れた時、その内包する力の一部を垣間見た。

それは精霊王級の力だった。

精霊王とは、火、水、風、土の四大元素のマナを司る、精霊たちの王。

その精霊王の力をマイとメイが凌駕していたのだ。

「例えばだな、創造神様から一時的に大量の魔力をもらったとか──」

「大量の」

「魔力……？」

「「あっ！」」

「おぉ、心当たりがあるか？」

「「ハルト様に魔力をいただいて、私たちは少し強くなりました！」」

「なん、だと……」

思わず頭を抱えた。

知らぬ間に娘たちがヒトとの間に子を作れる存在になっていた。

何らかの事情により創造神様から一時的に魔力を受け取っただけであれば良かった。しかし、そうではなかった。マイとメイは契約者であるハルトから正規のルートで魔力を受け取り、その存在の格を上げていたのだ。ヒトとの間に子を作れるのは精霊王級に至った精霊だけなのだが。娘たちはその条件を満たしていた。

つまり彼女らは子を作れる状態でハルトの嫁になったということ。ただ百年程度、家族の真似事をするだけの関係ではなくなっていた。

それが真実なのだとすると――

「我は、ハルトの義父になったのか……」

「『そ、そうですね』」

娘たちに肯定されて、知らぬうちに娘を嫁に取られていたことを実感した。挨拶もなしに大事な娘たちを奪われたのだ。これが普通の男であれば、今すぐにでもその存在を消滅させてやるところだ。

しかし我には、それができなかった。

我はハルトと召喚契約を結んでいるだけでなく、強制召喚させられた経験がある。召喚契約くらいは簡単に破棄できるが、強制召喚された事実が痛かった。人間界に顕現すると、我は強制的にハルトの支配下に置かれてしまうのだ。

「……マジか」

「『あ、あの、いずれハルトさんと一緒に、お父様とお母様にご挨拶に来るつもりでした』」

明らかに落ち込んでいる我を気遣って、マイとメイが言葉をかけてくれる。でもそれが一層、我の気分を沈めた。

「で、ハルトと夫婦になったのであろう？　なぜ分身魔法が必要なのだ。ハルト本人と寝れば良いではないか」

どうにもならないと諦め、少しなげやりな態度で質問を投げかける。

「えっと」

「実は……」

「『私たちと一緒に、ハルト様と結婚した方が九人いるんです』」

「は？　く、九人？」

「ですからハルト様と一緒に寝られる日が少なくて」

「一緒に寝られない日が寂しいので」

「『分身魔法をハルト様に使っていただきたいのです』」

「と、ということは、奴には十一人も嫁がおるというのか!?」

「『その通りです』」

「い、いや、ちょっとまて！　お前たちは精霊王級の精霊だ。しかも我の娘で、創造神様の加護をいただいておる。そんなお前たちはさすがに、他の者より優遇されておるのだろう？」

やはり自分の娘たちが一番可愛い。マイとメイを知らぬ間に嫁にとられたのは悲しいが、娶っていったのならできる限り娘たちを大切にしてほしいと思うのが親心というものだ。

「いえ。創造神様の祝福は」

「ハルト様の妻全員が頂きました」

「『ですので、ハルト様の妻はみんな同列なのです』」

「そ、創造神様が十一人全員に祝福をお与えになったのか!?」

加護より格は落ちるものの、創造神の祝福というのはこの世界最高のクラスのプラス要素。

それはひとりにつけるだけでも、膨大な神性エネルギーが必要になる。そんな祝福を十一人分も付与したとなれば、事の重大さは世界改変級ともいえる。

「バカな……。ハルトはいったい、何者なのだ」

「「私たちの、旦那様です！」」

「あぁ、うん。そうだな」

「それで」

「お父様は」

「「分身魔法をご存知なのですよね？」」

我は悩んだ。可愛い娘たちの願いは聞いてやりたい。しかし娘たちの夜の相手をするのが分身だと聞かされては、なんとも複雑な気分になる。

どうしようか悩んでいると――

「「お父様、お願いします」」

マイとメイが、我の服の裾を掴んできた。ふたりが小刻みにそれを引っ張る。最近は全くやってこなくなったが、マイたちが小さい頃、なにか我に頼み事があるとやってくる仕草だ。

それが可愛くて仕方ない。

我はこの仕草をしてくるふたりの頼みを断れたことがなかった。そのせいで何度も妻に怒られた。しかし……。我は全く変わっていなかった。

「し、仕方ないのぅ。危険な魔法だから、気をつけて使うのだぞ？」

「「わかりました！　お父様、ありがとうございます!!」」

その後、マイとメイは我が教えた分身魔法を修得し、意気揚々と人間界へ顕現していった。

06

母狐の封印解除

LEVEL 1 NO SAIKYO KENJYA

「ハルト、聞こえるか？」

エルミアが右手につけたブレスレットに向かって話しかける。

『聞こえるよ、エルミア。どうかした？』

ブレスレットからハルトの声が聞こえてきた。最強賢者がその家族全員に配ったブレスレットには通話機能が付与されていた。この世界では遠距離にいる相手と話すためには巨大な通信装置が必要になる。その装置は非常に高価であり、王族や一部の貴族、トップクラスの冒険者ギルドくらいしか所持していない。

ハルトは本物の遠距離通信装置をアルヘイムでエルフ王に見せてもらったことがある。それは部屋まるまるひとつが通信装置で埋め尽くされるほど巨大なものだった。また使用には膨大な魔力が必要になるため、同盟国に緊急連絡をする時くらいしか使えないのだということも彼は聞いていた。

そんな装置をハルトは独自に開発してしまった。女性が手首の装飾として身につけていてもおかしくないブレスレット程度のサイズにまで小型化してしまうというおまけ付きで。

ハルトの転移魔法の応用で通話をするため、使用するためには大量の魔力が必要になる。しかしハルトが定期的に魔力をブレスレットに補充しているので、エルミアたちハルトの妻は一切のデメリットなしで、ハルトや他の妻たちと連絡をとることが可能だった。

「私はセイラとサンクタムに来ているんだが、用事が終わったから迎えにきてくれ」

彼女たちは白亜の背に乗り、聖都であるサンクタムまでやってきていた。目的は分身魔法に関する文献を調査すること。

　無事に有力な手がかりを発見し、ハルトの屋敷に帰ろうとしていたところだ。もとの予定では白亜に連絡して迎えにきてもらう予定だったのだが、なぜか彼女と連絡がとれず、ハルトに迎えを頼むことにした。

　エルミアとセイラは今朝、彼になにも言わずに屋敷を出た。多く家族が外出するとなると、おそらくハルトも疑問を持つ。彼に目的を聞かれて理由を誤魔化せる自信のない者たちが、ハルトに会わずに屋敷を出るということを選択したのだ。

　ハルトに黙って屋敷を出てしまった。それなのに迎えを頼もうとしている。このふたつの理由から、セイラはハルトに連絡をとることに気が引けてしまった。何度も彼に連絡をとろうとして、やはり止める。その行為を繰り返していた彼女にもどかしくなったエルミアが、セイラに代わりハルトに迎えを頼んだ。

『ごめん。ちょっと今は取り込み中で……。あと十分待って！』

「わかった。もしかしてその音、戦闘中か？」

　ブレスレットからは、なにかが連続で爆発しているような音が聞こえていた。

『まぁ、そんな感じ』

「だ、大丈夫なのですか!?」

　セイラがハルトを心配し、エルミアのブレスレットに向かって問いかける。

『俺は大丈夫だよ、セイラ。もう少しだけ待っててね』

ハルトがそう言うと通信が切られた。

「ハルト様……。大丈夫でしょうか？」

「大丈夫だって。セイラは心配しすぎだよ。ハルトは悪魔を瞬殺する男だぞ？　アイツなら神にだって勝てる」

「えっと。神様はさすがに無理じゃないですか？」

「あー、うん。その、なんていうか、そのくらい強いっていう例えだよ！」

さすがにエルミアもハルトが神に勝てるなどとは本気で思ってはいなかった。


それからおよそ三分後。

『お待たせ！』

「おぉ、早かったな。もういいのか？」

「ハルト様、ご無事なのですよね？」

『うん。俺は怪我とかしてないよ』

ブレスレットの向こうから爆発音は聞こえなくなっていた。元気そうなハルトの声に、セイラは胸を撫でおろす。

『それじゃ、今から迎えにいくね。エルミア、交通費はキスでお願い』

「こ、交通費？」

『そう！　転移魔法って、すごい魔力を使うんだよ。それで迎えにいってあげるんだから、交通費が必要です。交通費としてキスを請求します』

「えっ、ちょっと、な、なんで私が!?」

「ハルト様、キスなら私が！」

エルミアが顔を真っ赤にしながらハルトに文句を言う。一方セイラはエルミアと同じように顔を真っ赤にしているが、自分がハルトとキスをすると言い張った。

『だってエルミア、自分からキスしてくれないじゃん。セイラは交通費をくれるみたいだから、今から迎えにいくね』

通信が切れた次の瞬間、ブレスレットから魔法陣が展開され、そこからハルトが現れた。

「お待たせ」

「ハルト様、わざわざありがとうございます。あの……。こ、交通費です」

そう言いながら、セイラがハルトに口付けをした。

「はい、確かに」

キスしてくれたセイラの頭をハルトが優しく撫でる。

「セイラは交通費くれたよ？」

「し、しなきゃダメか？」

「別にいいけど……。エルミア、ここから俺の屋敷まではかなり遠いよ？」

「い、一緒に連れていってくれないのか!?」

「だってエルミア以外のみんなは、転移させてあげる時にキスしてくれたから。エルミアだけ特別扱いできないよ」

もちろんハルトには、キスしなかったからといって本当にエルミアを置いて帰ってしまう気などなかった。彼はエルミアの扱い方をセイラから聞いていたので、それを実践したのだ。

「みんながそうしているなら……。するしかない、かな。う、うん。家族みんながそうしているなら、仕方ないよな」

そう言いながら彼女はハルトに近付き、その肩に震える手を置いた。ハルトより背の高いエルミアが、少し上からハルトに覆いかぶさるようにしてその唇を奪う。

彼女は一瞬でハルトから離れていった。

「こ、これでいいか？」

「んー、本当はもうちょっとしてほしいけどな。でもみんなが待ってるし、帰ろうか」

「待って！　まだ足りないなら、その。す、する」

エルミアが再びハルトの唇に自分の唇を重ねる。それはハルトより十歳以上も年上の大人な女性のキスとは思えない、たどたどしいものだった。しかしハルトは『これはこれであり』と思ったようだ。

「ど、どうだ？　ま、満足か？」

「ありがと、エルミア。気持ちよかった。交通費をもらったし、帰ろう」

ハルトはセイラとエルミアに手を触れると、転移魔法陣を展開して転移した。

「な、なんだこれは!?」

「ハルト様。もしかしてこれと戦っていたのですか？」

エルミアとセイラが、ハルトの屋敷のそばまで戻って来て最初に目にしたもの。

それは真っ黒に焼け焦げた、巨大な竜の姿だった。


――＊＊＊――


エルミアとセイラがハルトに迎えを頼んだ数秒後のこと。

「な、なんじゃ、あれは……」

故郷フォノストからグレンデールに帰ってきていたヨウコは、天高く伸びた炎の柱を見て唖然とした。膨大な魔力の塊。そして彼女は、その塊を構成する魔力の持ち主を知っていた。

「あ、主様じゃ。だがあれほどまでの魔力を注ぎ込むとは……。いったい主様は、なにと戦っておるのじゃ」

つい先日、ハルトが悪魔を倒した時に使ったホーリーランス。それですらヨウコの理解の範疇を超える魔力量の魔法だった。しかし今ヨウコが眺めている炎の柱には、そのホーリーランスの何倍もの魔力が込められていた。

炎の柱が地面に叩きつけられた。

およそ十秒後。その柱が消えた時、ヨウコはハルトのすぐ近くまで移動してきていた。

そこでヨウコが目にしたものは、真っ黒に焼け焦げた巨大な竜らしきものの残骸だった。

「あ、主様。これは？」

「ヨウコか、おかえり。リュカと白亜を襲ってた竜を倒してたの」

少し離れたところで、白亜とリュカが抱き合って震えていた。

恐らく怖い思いをしたのだろう。白亜も高位の竜なのだが、まだ子供だ。一方でハルトが倒したという竜は、身体が大きく成体であることがわかる。

「そ、そうか。かなり高位の竜だと思えるが……。やはり主様の敵ではなかったのじゃな」

「うん。攻撃とかは大したことはなかったけど、耐久力だけはヤバかった。こんなに魔法を撃ち続けたのは初めてだ」

今のハルトは一秒あれば、一万発程度のファイアランスを発動させられる。一分で六十万発。それを十分間も撃ち続けた。計六百万発のファイアランスを撃ち込んだのだ。

しかし竜は死ななかった。

地面に堕ちた竜の生死を確認するため、それに近づいたハルトの腹に竜が爪を突き立ててきた。もちろん、ステータスが固定されているハルトに攻撃が効くはずはない。

六百万発でダメなのであれば、その倍にしよう——そう判断したハルトが、一千五百万発分のファイアランスをまとめて竜の頭上から打ち下ろした。ちなみに三百万発分はおまけだ。

これによりさすがの竜もピクリとも動かなくなったが、その肉体が完全に燃え尽きることはなかった。それもそのはず。ハルトがおよそ二千万発のファイアランスを撃ち込んだ相手は、この世界の神の一柱である竜神なのだから。

未だにハルトは、自分が倒してしまった相手が神であることに気付いていなかった。リュカと白亜が震えているのは、自分たちが祈りを捧げる対象である竜神をハルトが倒してしまったからだ。

竜神に掴まれてハルトの屋敷に向かっていたところ、突然ハルトが空中に現れた。彼は高速で飛べないので、魔法で足場を作りながら竜神を追いかけた。彼が必死に空を翔けてくる姿を見て、白亜とリュカは嬉しくなった。夫であるハルトが自分たちを守るため、全力で追いかけてきてくれている——そう感じたのだ。

しかし竜神の飛行速度はハルトが空を翔ける速度よりも格段に速く、どんどん彼が遠ざかっていった。もっとハルトが自分のために頑張ってくれる姿が見たい。そんな白亜の気持ちが、悪戯心が、彼女に禁断のワードを叫ばせた。

『はるとー！　助・け・てーなの!!』——と。

現在、白亜は不用意にその言葉を口にした自身を猛烈に呪っていた。彼女の『助けて』という言葉は、状況が分からず竜への攻撃を躊躇していたハルトに理由を与えてしまった。竜に攻撃する理由だ。

邪神の呪いを受けて無限の魔力を持った最強賢者が、リュカと白亜を掴んで飛行する竜を敵だと認識した。妻を助けるため、早急に敵を排除しなければならないと判断した。

風神の如き速度で竜に接近したハルトは、竜の手から一瞬で白亜たちを奪い去った。彼はその後、圧倒的な火力で竜を倒してしまった。

白亜とリュカは、地面に横たわる竜だったものを見て呆然としている。

夫が自分を颯爽と助けてくれた。それはすごく嬉しい。

しかし素直に喜べない。

彼が倒してしまった竜が、この世界の神様だったから。別に襲われていたわけでもなく、ただ移動していただけだったから。

竜神に完全に非がないかと言われればそうではない。リュカと白亜を背に乗せて飛ぶこともできたのだ。そうであれば竜が白亜たちを襲っているなどとハルトが思うことはなかったかもしれない。竜神はかつて守護の勇者であった遥人《はると》が現世に転生したと知り、過去の敗北を清算しようとやってきたのだ。

しかし結果は見ての通り惨敗。

それどころか負けた相手が、報復すべき相手だということすら理解しないうちに倒されてしまった。竜神は神なので死ぬことはない。しかし顕現用の肉体を完全に破壊され、一切の身動きができなくなっていた。

竜の肉体が完全に動かなくなったことを確認し、ハルトは竜から意識を逸らした。

「ヨウコ、それはなに？」

彼が興味を持ったのは、ヨウコの背後に置かれた大きな氷。その中には着物姿の美女がいた。美女の顔は幼さを抜いたヨウコ、といった感じ。妖艶な彼女は、ハルトの妻たちの中にはいない雰囲気の女性だった。

「実は……。我の母様なのじゃ」

「は、母って。ヨウコの、お母さんってこと？」

「うむ。母様は二百年ほど前、わ、我のせいで、死んで——」

ヨウコの瞳から大粒の涙がこぼれ落ちる。

「主様。母様を、助けてほしいのじゃ」

「なんとかしてあげたい。だけど二百年も前だと、さすがに魂が……」

この世界の死とは肉体が傷つき、魂が肉体から離れることを言う。しかし魂さえ無事であれば、肉体を回復させた後に肉体と魂を結ぶことで蘇生ができるのだ。

肉体と魂を結ぶことはリュカやセイラのリザレクション、世界樹の葉から作ったエリクサーでなんとかなる。肉体の回復程度ならハルトでも可能。

一番の問題は魂の所在だった。

この世界でヒトが死ぬと、数時間で魂が消滅してしまう。それは魔物や魔族も例外ではない。そのため蘇生するなら、魂が肉体のそばにあるうちになんとかしなければならない。

死して二百年も経過しているヨウコの母を蘇生させるのは絶望的だった。

「母様の魂なら、まだここにあるのじゃ」

「……まじで？」

美女が入った氷にハルトが触れる。

「た、確かに。彼女の魂はここにあるね」

転移と転生を経験し、闇魔法と聖属性魔法を使いこなすハルトは、いつからか他人の魂を感じる能力を得ていた。

「これはすごい。本当に二百年も経ってるの？　魂がほとんど消耗してない」

ヨウコの母キキョウの魂は、彼女が死んですぐにヨウコによって肉体ごと封印されてしまった。そのおかげで魂が消滅することなく、ずっと肉体と共にあったのだ。

暴走して尾の魔力を使い果たし力尽きるか、異世界からやって来た勇者に倒されるなどしない限り九尾狐は死なない。キキョウは破魔の力を持つ武器で攻撃されて命を落としたが、彼女が尾に溜めた魔力を使うことを選択していれば、あの時死ぬことはなかった。

寿命がなく、暴走するまでに数千、数万の年月を生きる。そんな九尾狐であるキキョウの魂は、空間に拡散することが無ければ二百年程度で消耗するようなものではなかった。

「着物に血が付いてるけど……。傷はもう治ってるみたいだね。このまま魂と肉体を繋げば蘇生はできるかな」

ハルトが氷に魔力を流してキキョウの状態を確認する。彼女の肉体は死んでいると思えないくらい綺麗な状態だった。

ヨウコに心配させまいと、キキョウは死後発動する回復魔法をセットして自らの身体を治していた。また、彼女は破魔の武器によって魂を傷付けられてしまっていたが、それも二百年という月日の中でゆっくりと自然治癒していた。

ハルトはキキョウを蘇生できることを確信し、魔力の放出をはじめた。

「ヒール！」

詠唱はヒール《下級回復魔法》だった。しかしその効果は回復魔法を専門とする者たちの中でも、ほんのひと握りの者だけが使うことを許される蘇生魔法リザレクション。そんな魔法を賢者であるハルトが発動させた。

「あ、主様。それは」

ヨウコはハルトが蘇生魔法を使い始めたことに驚いた。詠唱はヒールだったが、効果は確実にリザレクションそのものだった。

魂の存在を感じられるようになっていたこと。竜の巫女であるリュカや、聖女のセイラがリザレクションを使う場面を何度も見られたこと。そして様々な魔法の組み合わせで新たな魔法を生み出せる賢者という戦闘職であったことがそれを可能にした。

彼はリュカたちが使うリザレクションを細分化し、魔法の組み合わせで再現してしまった。レベル1の賢者によって完全再現された蘇生魔法が、ヨウコの封印に閉じ込められたキキョウの魂を元の肉体へと誘う。

なんの問題もなくキキョウの蘇生は完了した。

その身が封印されたままであることを除けば。

「あ、これ封印なのか。魔力の感じからして、ヨウコのだよね？」

ハルトは美女を封じる溶けない氷がヨウコの魔法だと気付いた。

「う、うむ。しかし母様が我に譲渡してくれた魔力を使って封印術を展開したので、今の我でも解けないのじゃ……」

「そうなんだ。なら俺が解くよ」

「これを、解けるのか!?」

「問題ないと思う。ヨウコが幼い時にかけた封印だろ？　言っちゃ悪いけど、結構あちこちに粗《あら》があるから簡単に解ける」

ハルトがキキョウを閉じ込める氷に手を触れた。

賢者には他者の魔力を敏感に感じられるという特性がある。ハルトはそれでヨウコの封印の弱いところを見つけ、そこに膨大な魔力を注ぎ込んで強引に道を作っていく。ゴールがどの方向にあるのか分かっている迷路に入っていて、その迷路の壁を全て破壊しながらゴールに向かって一直線に進んでいくイメージだ。上級魔導師が数人集まっても解くのに数年はかかると思われるほどのヨウコの封印術を、最強賢者は容易く解いていった。

ハルトが氷に触れてから、およそ十秒後。

氷が割れた。

中からキキョウがハルトに向かって倒れてくる。

「おっと！」

　彼女の身体を受け止めた。それと同時にハルトは大量の魔力をキキョウに奪われる。この時のキキョウに意識はなかったが、長年の封印で消耗した体力を回復させるため、九尾狐の身体が勝手に周囲から魔力を吸い取ったのだ。

　最初にキキョウに触れたのがハルトで良かった。もし彼でなかったら、キキョウに全ての魔力と生命エネルギーを吸い尽くされ死んでいただろう。

　二百年に及ぶ封印と、傷付いた魂の再生でキキョウは魔力と生命エネルギーを大きく消耗していた。それもハルトの魔力を大量に吸収したことで、なんとか意識を取り戻せる程度には回復したようだ。

「……こ、ここは？」

　キキョウが目を開けた。まだ身体に力が入らない様子で、ハルトに軽く支えられないと立っていられない。

「初めまして、俺はハルト。娘さんに頼まれて、貴女を蘇生しました」

「む、むすめ？」

「母様!!」

　ヨウコがキキョウに抱きついた。

　ハルトから離れ、キキョウはヨウコにその身を任せる。

「ヨウコ、そんな……。そ、それでは、妾は本当に」

「主様が生き返らせてくれたのじゃ」

「貴方様が、妾を」

「えぇ。無事に蘇生できて良かったです。貴女は九尾狐ですよね？」

「なっ!?」

キキョウの顔に緊張が走る。九尾狐であることがヒトに気付かれれば襲われることを良く理解していた。ヒトにとって災厄となりうる九尾狐は倒せる時に倒すべき悪なのだ。

今すぐ娘を連れて逃げ出さなくては。そう思うが、身体に力が入らない。ヨウコに支えられてなんとか立っているが、走ることなどできそうにない。

せめて娘だけは逃がしたい。

「確かに妾は九尾狐です。この身が回復したら。生涯をかけて貴方様に尽くしましょう。ですから、娘だけは見逃してください」

「はい？」

ハルトはキキョウが何を言っているのかよく分からなかった。

「なんでヨウコを逃がさないといけないんですか？」

「そ、それは……」

キキョウは、ハルトがヨウコを逃がさない——つまり、確実に倒すと言っているように思えてしまった。

「もしかして、俺に攻撃されるって思ってます？」

「母様、その心配はないのじゃ」

「ど、どうして？」

「ヨウコは俺の妻ですから」

「そうなのじゃ」

「……えっ」

キキョウは信じられなかった。娘が自分と同じように人族と結ばれていたという。それがどれほど大変な道であるか知っている。だからこそ、やすやすとは信じられなかった。

「ヨウコのお母様なのですよね。改めてご挨拶を。ハルト＝エルノールです。九尾狐は魔力を吸収すれば、だいたいの怪我や疲労は治ると聞きました。まず俺の魔力で回復してください」

そう言ってハルトはキキョウに手を差し出した。

「し、しかし……」

キキョウは戸惑っていた。なぜか少し体力が回復してはいるが、自分はまだまだ魔力を吸収してしまう。特に魔力が枯渇状態にある九尾狐は、触れただけでヒトを死に至らしめるほどの魔力を吸い取ってしまうのだ。

「母様、主様なら大丈夫なのじゃ」

「ヨウコの言う通り。俺なら大丈夫です」

ハルトが勝手にキキョウの手を握る。

「あっ！」

ハルトから魔力が流れ込んでくる。

「お、おやめください！　これ以上は貴方様が死んでしまいます!!」

キキョウが知る限り、ひとりの人族が持てる限界に近い魔力を吸い取ってしまった。それなのにハルトは手を離そうとしない。

「んー。やっぱり手だけだと効率悪いな」

「あっ！　そ、そんな――」

ハルトがキキョウに抱きついた。彼としては魔力を早く渡すため、軽くハグしただけのつもり。しかしキキョウにとってみれば、この世に生を受けて二度目の異性の温もりだった。

ヒトの温もりを感じた時――

「んんっ!?」

ハルトの魔力が大量に流れ込んできた。膨大な量の魔力を吸収する九尾狐だが、一度に吸収できる魔力には上限があった。その上限を大幅に超える魔力が強制的に送り込まれたことで、魔力酔いの症状がでたのだ。

キキョウの身体が快楽に包まれる。

「い、いやぁ。もう、やめ――」

自分でも信じられないほど甘い声を出しながら、キキョウはハルトの身体にしがみついた。その行為を『もっと魔力を寄越せ』というキキョウのアピールだと勘違いしたハルトがさらに魔力を送り付ける。

「――ッ!!」

キキョウは娘であるヨウコの前で嬌声を出さないよう、必死に耐えていた。母狐の健気な努力を、何も分かっていない賢者がぶち壊す。

「まだまだ入るみたいなんで、もう少し送り込んどきますねー」

「や、やめっ――んんっ!?　んあぁぁぁぁぁぁああ!!」

男が聞けば誰もが興奮してしまうようなキキョウの甘美な悲鳴が周囲に響き渡った。


「相変わらず主様は、やることがめちゃくちゃじゃのう」

「……そうかな?」

「母様はやめてと言うておった。それを無視して、主様のを無理やり入れられたら、こうなってしまうのも仕方ないのじゃ」

ピクピクと身体を小刻みに震わせ、グッタリしているキキョウ。彼女を両手で支えながら、ヨウコがハルトに呆れた顔を見せる。

「えっと、大丈夫?」

「以前、主様にめちゃくちゃ入れられた時、我は半日起きられんかったのじゃ。まぁ、母様は我より格段に魔力操作を得意としておったから、主様に入れられたものもそう時間をかけずに制御できるはずじゃ」

それでも最低数分は休ませなければいけないらしい。

「じゃあお母さんはヨウコに任せるよ。顔色は良くなってるし。俺はエルミアとセイラに呼ばれてるから、彼女たちを迎えにいってくる」

「わかったのじゃ」

ハルトはエルミアとセイラのもとへと転移していった。


――＊＊＊――


数分後、ハルトがセイラとエルミアを連れて戻ってきた。帰ってきたふたりは、真っ黒に焼け焦げた竜の巨体を見て唖然としていた。

「主様、おかえりなさいなのじゃ」

「ただいま。えっと、そちらは……。ヨウコのお母さん、ですよね？」

ヨウコの隣に、ハルトに向かい頭を下げる女性がいた。美しい立ち姿勢。身体の前で丁寧に揃えられた両手。顔は見えないが、全身から妖艶なオーラが溢れ出ていた。

「はい。ヨウコの母、キキョウと申します。此度は妾の蘇生と回復をしていただき、誠にありがとうございました」

うっとりとした声につい聞き惚れてしまう。

キキョウが頭をあげた。ハルトを見つめながら、顔の前に垂れた髪を耳にかける。その所作のひとつひとつが、優雅で美しい。

「い、いえ。妻の頼みですから」

「娘から聞きました。貴方様は、娘が九尾狐だと知っていながら契りを結んだと。その……。怖くは、ないのですか？」

「怖くないですね。ヨウコは初めて知り合った時から、とてもいい子ですよ」

魔法学園で教室に入学した時、リファの次にハルトに話しかけてくれたのはヨウコだった。

当時のハルトは学園で仲の良い友達をたくさんつくるという目標があった。ティナとふたりで過ごすには寂しいと感じてしまうほど巨大な彼らの屋敷に、友人たちを招いて賑やかにしたいと考えていたからだ。

初対面でも自分から話しかけてくれたヨウコを、ハルトは簡単に『良い奴』認定していた。それはヨウコが九尾狐だと知っても変わることはなかった。そもそもハルトが九尾狐の危険性をあまり認識していなかったというのも一因である。

「そうですか。不出来な娘ですが、大事にしてやってください」

「はい。俺がヨウコを幸せにします」

「あ、主様！」

ヨウコが嬉しそうにハルトに抱き着いた。

「娘のそんな顔を見られて、妾は幸せです。では、私はこれで。妾の力が必要になれば、いつでも呼んでください。此度《こたび》の恩に必ず報います」

「母様は我らと一緒に暮らさんのか？」

「妾はほぼ完全体の九尾狐。存在が知れれば、きっと多くのヒトが討伐しにくるでしょう。だからヨウコ、貴女を危険に晒さないためにも、一緒にはいられません」

キキョウが悲しげな表情でヨウコを見つめる。

「くれぐれも戦場に行ってはダメよ。そこで負の感情を含んだ魔力を吸収すれば、貴女もハルト様のそばにいられなくなる」

「母様。我はもう、完全体の九尾になったのじゃ！」

「……えっ？」

「我は主様とシロの魔力で満たされておる。だから母様が心配するような暴走はせぬのじゃ。それにもしヒトが討伐に来たとしても、必ず主様が守ってくれる」

ヨウコがハルトを振り返ると、彼はヨウコの言葉を肯定するように笑顔で頷いた。

「我は、母様と一緒に暮らしたいのじゃ」

「ヨウコがこう言っていますし、俺の屋敷にはまだ部屋が余っています。キキョウさんが良ければ――」

「キキョウ、で結構です。まだ完全に全盛期程の力がないので、匿っていただけるというのは大変魅力的なご提案です」

九尾狐は完全体になるまで、主に存在を隠匿する魔法や洗脳魔法を駆使し、時にはヒトに取り入って成長していく魔族だ。だから彼女は内心、ハルトの提案を受け入れたいと思っていた。

「とても魅力のあるご提案。それに貴方様の魔力はとても心地よかった。ですが――」

キキョウがハルトに身を預け、その肩に手を置く。

「あまり妾を誘惑せぬことです。娘のことを愛してくださっているのでしょう？　妾がその気になれば、貴方様は娘のことなど忘れて妾の虜になってしまう」

彼女から色香が溢れ、ハルトにまとわりつく。それは成体となった九尾狐の魅了魔法。一度かかってしまえば対象はキキョウに夢中になり、彼女の言いなりになってしまう。

もちろんキキョウが本気でハルトを堕とそうとしたわけではない。ほんの少し、魔族に対して油断するなと警告するつもりだったのだ。

「俺がヨウコを忘れることは絶対にないです。俺の大切な妻のひとりですから」

「――っ!?　な、なんで？」

まるで魅了魔法が不発だったのかと思えるほどハルトが自然に受け答えしたので、キキョウは目を丸くして驚いた。

「母様。主様に魅了魔法は効かんのじゃ。もちろん催眠や洗脳も全て」

「えっ？　そ、そんなことって……」

「主様は我ら九尾狐の魅了魔法すら効かず、我の主従契約印すら一方的に破棄するほどのバケモノじゃ。だから主様と一緒におるのがこの世で一番安全なのじゃ！」

魅了魔法が効かないのも、主従契約の印を破棄できたのも、全てハルトのステータスが呪いによって《固定》されているからだ。それによって彼が誰かに操られるようなことはない。

先程ハルトから送り込まれた大量の純度の高い魔力、彼の立ち振る舞い、精神の安定性などから、キキョウはハルトがかなり強いということを理解していた。また彼女は最強クラスの九尾狐であったが、今はまだ全快状態ではない。強者の下で身を寄せるという提案に心が動かされてしまう。

だがキキョウには不安があった。

もし自分がハルトを本気で愛してしまったらどうしようかと考えたのだ。

たとえ魅了魔法が効かずとも、男を堕とす術《すべ》は身につけている。それは性技であったり、細やかな仕草のひとつひとつ。彼女は男を悦ばせる技に精通していた。美貌も娘に劣るとは思えない。自分が本気でハルトに愛してもらおうとした時、愛娘が悲しむことになるかもしれない。

キキョウはそれを危惧していたのだが――

「ハルト様。妾も、貴方様の御屋敷に居候させていただけませぬか？」

彼女はハルトのそばにいることを決めた。

先程ハルトから魔力を注ぎ込まれた時に体感した、これまで味わったことのない甘美な快楽――彼のそばにいれば、アレをまた味わえるかもしれない。キキョウは愛娘の幸せより、女としての悦びをとったのだ。

当然ハルトはそんなことを知りもしない。

「うん、いいよ。エルノール家にようこそ、キキョウ」

「よろしくお願いします。ハルト様」

キキョウはハルトから離れると、ヨウコのそばに移動し、その耳元に口を近づけた。

「妾に彼を盗られないよう、頑張ってね。ヨウコ」

「は、母様、いったい何を!?」

それはキキョウからヨウコに対しての宣戦布告であった。

しかし彼女はまだ知らない。

ライバルとなるのはヨウコだけではない。ハルトのそばにはヨウコ以外にも美女や美少女が十人もいることを彼女はまだ知らないのだ。いくらハルトを魅了しようとしても、彼には十二番目の妻として平等に扱われ、もどかしい思いをすることになるなど思わなかった。妻たちの中でティナだけが特別扱いされていることに気付き、千年以上生きてきて初めて他種族の女に嫉妬という感情を持つことになるなど――この時のキキョウは、思いもしなかった。


――＊＊＊――


「リュカ、白亜。怪我とかしてない？　大丈夫？」

真っ黒に焦げた竜を呆然と眺めるふたりに、ハルトが話しかけた。

「どうしよう……。わ、私、なんてことを」

「お、終わりなの。さすがに、おこられるの」

まるでこの世の終わりかのような表情をするふたり。

「怒られるって、誰に？」

ハルトは意味がわからなかった。彼としては、竜に連れ去られそうだった妻を助けただけなのだから。ハルトはまだ気づいていなかった。

焼き尽くすことはできなかったにせよ、一切動かなくなるまで魔法を叩き込んだ相手が、この世界の神であったことを。

「ハルトさん。実はこの竜――いえ、この御方は、神の一柱である竜神様なのです」

「えっ!?」

「襲われてたわけじゃなくて、ただ運ばれてただけなの」

「は？　えっ、じゃあ俺は、か、神様を――」

サっとハルトの顔から血の気が引いていく。

自分の犯した過ちに気付いてしまった。

「ヒール!!」

ハルトは慌てて自分の持てる全力で回復魔法を竜神にかけた。

神である竜神には魂がない。ただ神という存在がそこにある。その存在は神を信仰するヒトがいる限り消えることはない。今ハルトたちの目の前にある竜の巨体は、竜神がこの世界で活動するためのもの。

ハルトはその竜神の肉体を動けなくなるまで攻撃し続けたのだ。

つまり肉体さえ回復させればいい。

数十秒で竜の肉体は完全回復した。

「うぐ……。か、回復、恩に着る」

「す、すみませんでした!!」

　ハルトが竜神に土下座する。

「神様だと知らなかったといえ、俺、とんでもないことを」

「貴様に対してはあまり怒りの感情を抱いていない。むしろヒトの身でありながら、神の肉体を動けなくなるほどの攻撃は見事であった」

　竜が立ち上がる。

「問題は貴様らだ。リュカ、白亜！」

「ひっ」

「ご、ごめんなさいなの！」

　リュカと白亜が、ハルトの少し後ろで土下座して謝り始めた。そのふたりに対して竜神が話しかける。

「なぜ俺を助けてくれないのだ!?」

「……はい？」

「酷いではないか！　俺はお前たち竜や竜人の神なのだぞ!?　十分も攻撃され続けていたのだ。途中でコイツを止めてくれてもいいではないか!!」

「そ、それは……」

「うぅ。ごめんなさい、ごめんなさいなの」

「あの、あまりふたりを責めないでください。実際に竜神様を攻撃してしまったのは俺です。

罰は俺が受けますから」

「それは無理だ」

「えっ」

「お前に反撃した時、俺は本気でお前を殺すつもり攻撃した。なのにどうだ、お前はダメージを負わなかった。そんなお前に、どうやって罰を与えれば良いというのだ？」

「えと、それは、ですね」

竜神の爪は確かにハルトに当たっていた。服の一部は引き裂かれていたが、ハルト自身にダメージは全くなかった。

「それからお前、俺の転移を妨害したよな？　アレはいったいなんなのだ？　お、お前まさか、ヒトに扮した神なのか!?」

「俺はただの人族です。あれは転移用の文字に少し干渉しただけですので」

「普通はそんなことできん！　神の文字なのだぞ!?　そう言えば貴様、名はなんという？」

「ハルトです。ハルト＝エルノールと言います」

「ハルト、ハルトか……。んん？　お、お前、もしや」

竜神はハルトという名前に聞き覚えがあった。百年前、自分を倒した守護の勇者。その勇者と一緒にいたハーフエルフの女が、勇者のことを確か『はると』と呼んでいた。まさかと思いながら、竜神がハルトの魂の匂いを嗅ぐ。

「お、お前は！　守護の勇者!!」

魂の香りは勇者のものと酷似していた。

「ご存知なのですね。俺は昔、守護の勇者でした。転生して、今は賢者になりました」

「そ、そうだったのか」

竜神はこの時、ハルトに報復することを諦めた。

勝てるわけがない。

ハルトに攻撃した時、神の力を解放して本気で攻撃したのに、ハルトはその場から一歩も動かなかった。本人は『ただの人族』などとふざけたことを言っているが、この世界のどこに最上位の色竜が神格化した存在の一撃を受けて、ダメージを一切受けない人族がいるのか。

いるはずがない。

たとえレベルカンストの勇者であっても、そんなことはありえない。この世界には『物理攻撃無効』というスキルもある。そのスキルを持った者が暴走して神界に侵攻してきた時、竜神や武神はそれらを止められるよう、物理攻撃無効を無効にできる能力を創造神から与えられている。竜神の一撃を防げる者などこの世界にいない。いてはいけないのだ。

それができてしまうバケモノが竜神の前にいた。そんなバケモノ、たとえ神界で戦ったとしても勝てない。神界のみで使用できる強力な魔法もあるが、発動前にハルトに神字を崩され、発動を妨害されるに決まっている。

竜神はハルトへのリベンジを諦めた。

だが、それでは彼の怒りがおさまらない。

「リュカ、お前は竜の巫女の役目を解く。更に竜人としての力にも枷を付ける。白亜、お前は今後一切、竜の神殿への出入りを禁ずる」

「はい……」

「わ、わかったの」

竜は成体になる時、竜の神殿で祈りを捧げる必要があった。そして成体になることで、その力は格段に向上する。竜の神殿に入れないということは、白亜が成体になれないことを意味していた。しかしリュカも白亜も、竜神の決定に素直に従うつもりだった。それだけの過ちを犯したという自覚があったからだ。

ハルトも、リュカや白亜が傷付けられるのでないのなら、竜神の沙汰を受け入れるつもりでいた。ところが、それを良しとしない者がいた。

「小娘に助けられなかったからと罰を与えるなど……。相変わらず器の小さい男ですね」

「な、なんだお前は⁉　え……。キキョウ？　なぜ、お前がここに」

「ん？　妾はお前に呼び捨てを許した覚えはないのですが」

「あっ、す、すみません、キキョウさん——って。俺は神になったんだぞ‼　神だぞ⁉　呼び捨てくらい許せよ！」

「あら、神になったのですか。偉くなったものですねぇ……。それで？」

笑顔のキキョウから、とてつもなく冷たい殺気が竜神に向けて放たれる。

「ひっ！　ご、ごめんなさい、キキョウさん！」

巨体の竜が瞬く間にヒトの姿になり、キキョウの前に土下座し始めた。

「えっと……。キキョウさん。これは？」

ハルトは目の前の状況がよくわからなかった。神である竜神が人の姿になり、ヨウコの母キキョウの前に土下座しているのだから。

「あら、ハルト様は呼び捨てでよいのですよぉ。キキョウとお呼びくださぃ」

甘えるような声でそう言いながら、キキョウがハルトを立たせて抱き着いた。

「な、なんで俺はダメなのだ？　か、神なのに……」

竜神の呟きは誰にも反応されなかった。

「キキョウは竜神様とお知り合いなの？」

「知り合いというか……」

キキョウがハルトの耳元に口を近付け、小声で事情を話す。

「コヤツは昔、色竜の中で最弱だったのです。それで仲間の竜にいじめられて、妾の住む霊山まで逃げてきたのです」

その時、泣いていた赤竜を不憫に思ったキキョウが、仲間の竜たちに馬鹿にされないくらいの力を手に入れるまで面倒を見てやったのだという。つまり彼女は竜神の育ての親だった。

「ちなみにコヤツも今は神になったと言います。それを信仰する者たちに事実を伝えるのはさすがに可哀想なので、このことは口外せぬようお願いできますか？」

「う、うん。わかった」

「ありがとうございます。それから、彼も神です。その力の一部を貸し与えている者に裏切られたような形になってしまって、怒りのやり場に困っているのです」

そう言いながら、キキョウが土下座しているリュカを見る。リュカがハルトの攻撃を止めなかったから、竜神は彼女から竜の巫女としての力を奪うと言った。

ハルトとしてはリュカが傷つけられないのなら、彼女が竜の巫女でなくなってしまうのも受け入れるつもりでいた。リュカだけが使用可能な、物体すらも回復できるリザレクションはとても有益だった。しかしそれが目的でハルトはリュカと結婚したわけではない。竜の巫女でなくなっても、彼は全力でリュカを守っていくつもりだった。

「赤竜は怒りに任せて神職を奪うと言うておりますが、あの娘は赤竜への強い信仰心を持っているのが妾には見えます。その信仰心を失わせてしまうのは惜しいのです。ですから、この場をおさめるのは妾に任せていただけませんか?」

竜神の育ての親でもあるキキョウがなんとかしてくれると言う。ハルトは彼女に頼ってみることにした。

「お願いできる?」

「ご期待に沿ってみせます。ハルト様」

妖艶な笑みを浮かべながらキキョウがハルトから離れていった。そして地面に頭を下げているリュカに近付き、その前にしゃがんだ。

「リュカ、といったね?」

「は、はい」

「頭を上げて」

「……はい」

キキョウが真っ直ぐリュカを見つめる。リュカはキキョウに魅入られて、彼女から目を離せなくなっていた。どうやらキキョウはリュカの思念を読み取ろうとしているようだ。

「ふむ。貴女は赤竜のことを深く信仰している。それなのにハルト様を止められなかったのは、あまりのことに驚いて身体が動かなかったからなのですね？」

「そ、そう、です」

「では貴女は悪くない」

「で、ですが、竜神様をお助けするために動けなかったのは事実です」

「その通り。貴女は悪くはないが、心が弱かった。神を深く信仰していても、その神を傷つける者を止められるほどの精神力を備えていなかったことに関しては罰を受けるべきです」

突然キキョウが腕を振り上げ、リュカの頭に拳を落とした。

「ふぎゅっ!?」

痛そうに頭を押さえるリュカ。

「これからは精神力も鍛え、己の護るべきものを護れる力をつけなさい」

「わ、わかりました」

「それから、問題は貴女のほうですね」

キキョウが今度は、白亜のほうに向き直る。

「ひっ」

リュカの時とは違い、キキョウから殺気が漏れていた。

「勝手ですが貴女の思念を読みました。此度の騒動の原因は、貴女ですね？」

「そ、そうなの」

頭を下げたまま白亜が震えていた。

「顔をあげなさい」

「……はい、なの」

「リュカより、ちょっと痛くしますよ？」

「ひぎゅ!!」

リュカを殴った時より大きな音を立てて白亜の頭頂部にキキョウの拳骨が振り下ろされた。

「愛しの彼が必死に自分を護ろうとしてくれているのが嬉しかったのはわかります。妾も貴女の思念に触れて、少し共感してしまいました。ですが――」

「っ!?」

キキョウが白亜の両頬を引っ張った。

「戦いを教わった恩師に、己がしでかしたことを深く反省しなさい」

「ご、ごへふははいはほ」

涙をポロポロ流しながら白亜が言葉を発するが、両頬をキキョウに抓《つね》られているせいで、な

んと言っているかわからない。おそらく『ご、ごめんなさいなの』だろうと、周囲で聞いていた者たちは思った。

キキョウはその白亜の言葉を聞き、満足したように白亜の両頬から手を離した。九尾狐は他人の思念に敏感な種族だ。白亜が心から反省をしていることを感じ取ったのだろう。ニコッと笑顔を見せると、白亜の頬を手で優しくさすってから立ち上がった。そして土下座したままの竜神に向かって話しかける。

「ふたりは深く反省しています。罰は妾が与えました。ふたりを、許しますよね？」

「えっ、いや。でも……」

「なんですか？　いたいけな娘ふたりが涙を流しながら許しを請うているのに、それを許さないつもりだというのですか？」

「し、しかし俺はそいつらのせいで――」

「小娘ふたりに助けられなかったくらいで、それを怨むというのですか？　いつからお前はそんな腑抜けになったのですか？　本当にそれで、お前は神なのですか？」

「うっ」

短く声を上げて、竜神はキキョウになにも言い返せなくなっていた。

「しかもたったひとりの人族に神の肉体を動けなくなるまでボコボコにされるとは……。本当に情けない」

「そ、それはハルトが異常なのです！　神の文字にすらも干渉するバケモノが、ただの人族であるわけがないだろ!?」

「まぁ、それはそうよねぇ」

物凄く小さな声でキキョウが呟いた。

「とりあえず黙りなさい。その腑抜けた根性、妾が叩き直してあげましょう」

キキョウが竜神に手を伸ばす。

「まっ、まさかアレをやるつもりじゃないだろうな!?」

彼女がやろうとしていることに心当たりがあったのだろう。竜神は慌てて立ち上がり、その場から逃げようとした。

しかしキキョウの手が竜神の頭に触れるほうが早かった。逃げようと立ち上がりかけた状態で、まるで時が止まったかのように竜神の身体は固まっている。

「キ、キキョウ？　いったい竜神様になにをしたの？」

「あぁ、たいしたことではありません。今の自分と同等の強さの敵と戦い続けなくてはいけない精神空間に彼を閉じ込めたのです。まぁ、今回は赤竜が悪いわけではないので、十分ほどで出してあげようかと思っております」

「そ、そうなんだ……」

十分とはいえ、自分と同等の強さの敵と戦い続けるのはかなり過酷だ。

「精神世界の一日がこちらの一分くらいなのですけどね」

「ん？　なにか言った？」

キキョウが小声で言って言葉はハルトに聞こえなかった。

「ふふふ。なんでもございませんよ。ハルト様」


――＊＊＊――


「「ハルト様、ただいま戻りました」」

「マイ、メイ、おかえり」

キキョウの拘束から竜神が解き放たれるのを待っていたら、マイとメイが帰ってきた。ふたりは精霊界に戻っていたのだという。

なぜかマイたちは嬉しそうにしていたが、訳を聞いても教えてくれなかった。そしてヨウコが俺とキキョウに近寄るなと一言かけて、その場にいた俺の妻たちを招集した。

みんなが集まって、なにか話し合っている。

なんだろう？　すごく気になる。

なんで俺はのけ者にされてるんだ？　ちょっと寂しいぞ。

「…………」

よーし、いいもんね。教えてくれないなら、勝手に読心術でみんながなにをしようとしてるか調べてしまおう。

「ハルト様、ヨウコたちの心を読むのはダメですよ」

「えっ!?」

読心術を使おうとしていたことがキキョウにバレていた。

「な、なんで？」

「これでも妾は最上位の魔族ですから。魔力の流れでなにをしようとしているのかは大体わかるのです」

ま、マジか。

「マジです。まぁ、妾はこの見た目の通り耳が良いので、読心術など使わずとも彼女らの声が聞こえます」

ですよねー。

キキョウの耳がピクピクしていた。

「そ、それで、ヨウコたちがなにを話してるか教えてくれたり」

「残念ながらできません」

「ご心配なさらなくても大丈夫ですよ。彼女らはハルト様の不利益になるようなことを話しているわけではないようですから」

「そ、そうなんだ……」

それでも気になる。後であの中の誰かに聞こうかな？

「誰かひとりを捕まえて事情を聞き出すのは、絶対にお止めください」

「えっ」

「あそこにおる者たちはみな、ハルト様への好感度がかなり高い者たちばかりです。おそらく貴方様が問い詰めれば、誰であっても正直に答えてしまうでしょう」

キキョウが集まっている俺の妻たちを眺めながらそう言う。

「ですがそれをすると、秘密をバラしてしまった者が残りの者から責められる可能性があります。それは避けるべきかと」

俺に読心術を使うなと言いながら、俺への好感度がわかるってことは、キキョウは読心術っぽいものを全開で使っているということだ。ちょっとズルくね？

「妾はいいのです」

キキョウは悪戯っぽく笑った。仕草ひとつひとつが妖艶で、魅入ってしまいそうになる。

まぁ、妻たちの仲が悪くなるのは嫌だし、キキョウが俺に不利益のあることではないと言っていたから気にしないようにしよう。

「ぶっはぁぁぁあ！」

「――っ!?」

いきなり竜神様が動き出した。

「お、俺……。生きてる」

それだけ言って竜神様がその場に倒れ込んだ。

「竜神様!?　大丈夫ですか!?」

「問題ありません。精神的な疲労で気を失っただけです。まぁ、こやつは神なので気を失ったというより、肉体のエネルギーを使い果たして休息中といったところでしょう」

「そ、そうなんだ」

しかし神様がそのエネルギーを全て使い果たすって、かなりヤバいんじゃないだろうか？

キキョウは精神世界で自分と同レベルの敵と十分間戦うだけだと言っていたが、神である竜神様がそれだけで気を失うほど疲労するとは考えにくい。

いったい、キキョウの創り出す精神世界ではなにが起こるんだろうか？

「こやつは妾が預かります。あの娘たちのこと、悪いようにはさせませんからご安心を」

キキョウの魔法について考えていたら、彼女は尻尾で竜神を器用に掴んで持ち上げていた。

あの娘たちというのは、リュカと白亜のことだろう。

「わかった。よろしくね」

「かしこまりました、ハルト様」

そう言ってキキョウは竜神様を尻尾で持ち上げたまま、近くの森の中へと消えていった。


——＊＊＊——

ハルトの屋敷。その中のとある部屋に、彼の妻たちが集合していた。ちなみにキキョウは竜神を連れて行方知れずになったままだ。そしてハルトは妻たちによって、半強制的に外出させられている。

「お疲れ様です。これより第二回目となる『妻会議』を開催します」

今回司会を担当することになったティナが宣言すると、妻たちから軽快な拍手が送られた。

「みなさん、分身魔法について各方面で調べてくださったと思いますので、それを発表していただきましょう。まずは――」

「我らの報告の前にティナよ。お主はどうだったのじゃ？」

「わ、私ですか？」

「ティナから、ハルトの匂いがするにゃ！」

「主様からもティナの匂いがしたのじゃ。それも、まるで肌と肌が触れ合っておったかのような濃厚な匂いが。もしや我らがおらん間に、よろしくヤっておったわけではなかろうな？」

「えっと、それは――」

メルディとヨウコに詰め寄られ、ティナがたじろぐ。

「ティナ様。その首筋の痕はなんでしょう？」

「あっ」

リファに指摘され、ティナが慌てて首筋を手で覆い隠す。しかしリファを初めとした数人がティナの首筋の痕――キスマークに気付いていた。

彼女がそれを隠そうとしたことで、ハルトの妻たちは確信した。自分たちが分身魔法のヒントを探して奔走している隙に、ハルトとティナがふたりっきりでそーゆーことをヤっていたということを。

「ティナ様。ハルト様とどこまでしたのですか？」

「「私たちも聞きたいです！」」

セイラとマイ、メイもティナを追い詰めるように近寄ってきた。

「ティナ先生。それって今朝の着ていたのと違うメイド服ですよね」

ほんの微かな刺繍のほつれすら記憶できるルナ。彼女は屋敷を出る前に見たティナの服と、今ティナが着ているメイド服が違うことに気付いた。

つまりティナはメイド服を着替えている。最低でも一度はメイド服を脱いだということ。

「え、えっと……」

どんどんティナが追い込まれていく。

歴戦の魔法剣士も、この窮地を抜け出す秘策は持ち合わせていなかったようだ。そして彼女は今朝、家族のほとんどが外出した後の出来事を話し始めた。

――＊＊＊――

ハルトがルナとメルディをベスティエまで転移させた少し後、彼とティナは寝室にいた。

「久しぶりの二人っきりでお風呂、気持ち良かったね」

「……………」

頭まで布団に潜ったティナにハルトが話しかけるが、彼女の反応はなかった。

「もしかしてティナ、怒ってる？」

「別に怒っているわけではありません。ただ少し――いえ、やっぱり私、怒っています」

ムッとした表情のティナが顔を見せた。彼女の顔や耳は、ほんのり紅潮している。それは怒っているからではなく、恥ずかしさからくるものだった。

「私、『もう無理です』って何回も言ったのに」

「ごめんね。気持ちよさそうにしているティナが可愛くて、つい」

子どもを作る行為までは至っていないものの、彼らは互いの秘部を触り合うくらいまでは進展していた。ただ、周りに他の妻たちがいる場所では、そういった行為がやりにくい。

今回の様に自らの屋敷という落ち着ける場所で、かつ当面は誰も帰ってこないことが分かっているという状況は久しぶりだった。だからハルトは、我慢できなかったようだ。

「ねぇ、ティナ。さっきの、もう一回していい？」

「こ、ここでですか⁉」

ティナが慌てて逃げようとする。それをハルトが阻止した。レベル差からして彼女のステータスをもってすれば、この場から逃げられないはずがない。ハルトが魔衣を纏っていない今、ティナの腕力には絶対に敵わないのだから。

本気で嫌がっているわけではないと判断したハルトは、ティナの左腕の上に自らの身体を乗せて逃走を阻止。そして右手をティナの首の下から通して彼女の右手を拘束した。こうすることで仰向けに寝るティナの左側で寝そべりながら、彼女の両手を封じることができる。しかもハルトは左手が自由に使える状態となった。

「失礼しまーす」

ハルトの左手がティナの胸元にあった布団を捲る。

寝ていてもあまり横に流れない、張りのある大きなバストが露わになった。衣類を何も身に着けていないティナは、ハルトと逆のほうに顔を向けている。耳が真っ赤になっているので、恥ずかしくて逃げ出したくなるのを必死にこらえているようだ。それがより彼を興奮させる。

「さっきの続きを始めるね」

ハルトは左手をティナの身体に沿わせながら、彼女の下半身を隠す布団の中へと送り込む。

「だ、ダメです！　お布団が――」

「布団が濡れたら後で俺が洗うよ。ベッドパッドには防水の魔法がかけてある。だから安心して気持ちよくなって」

左手がティナの秘部に到達する。そこは既に少し濡れていた。ハルトは焦らすようにティナの身体を触っていく。

「あっ。くっ、んんっ。は、はるとさまぁ」

時折敏感な場所にハルトの指が触れるとティナの身体が小刻みに震え、甘い声が漏れた。

両手を自由に動かせず、身を捩《よじ》りながら恥ずかしさと快楽に抗おうとするティナ。彼女の身体が揺れる時、ハルトの目の前にある双丘の先端部分が彼を誘惑した。まるでそれに吸い付けと言わんばかりに。

「きゃぁ!? アッ、だめ。んっ、んんんぁっ！」

ハルトは欲望に忠実だった。ティナの抵抗がこれまで以上に強くなる。この時の彼女は快楽のあまり力を抜くことができず、最強の魔法剣士のステータスでハルトを振り払おうとしてしまった。それを察知したハルトは瞬時に魔衣を纏うと、ティナの力に応じて彼女を傷つけない程度の力で拘束を継続する。

「一応聞くけど、ほんとに逃げたいわけじゃないよね？」

確認を取るハルトに、ティナは少し無言になったあと小さく頷いた。それを見たハルトは愛撫を再開する。もう拘束の必要はないと判断したティナの右手は放した。空いた手でティナの胸に触れていく。解放されたティナの右手は、近くのシーツをギュッと握りしめていた。

しばらくティナを気持ちよくさせてから、身体を起こしたハルトが布団を剥ぎ取った。

「ティナ。今日は最後までしたい。しても、いいかな？」

「……はい。私の初めてを捧げます。ハルト様」

両手を広げ、ハルトを迎えるティナ。

この日ふたりは、互いに初めての経験を終えた。


——＊＊＊——

「──という感じで。ハルト様に愛していただきました」

「は、破廉恥すぎじゃ!!　誰もそこまで子細を語れとは言うておらぬ！」

「えっ。そ、そうなんですか？」

「ティナ様……。す、凄すぎです」

「『とてもえっちぃです』」

「メルディさん!?　だ、大丈夫ですか!?」

「ティナのお話し聞いて、顔真っ赤にして倒れちゃったの」

「あの、エルミアもです。どなたか彼女を支えるのを手伝ってください」

「セイラさん、お手伝いします。そこに寝かせましょう」

「ありがとうございます、リュカさん。あっ、ルナさん。メルディさんもこちらに。私がふたりに回復魔法をかけます」

あまり性の話に耐性のないメルディとエルミアがダウンした。それ以外の妻たちも、例外なく全員が顔を赤らめていた。ティナが語るハルトの行為がなまめかしすぎたのだ。

他の妻たちがハルトとそーゆー関係に進むのはまだ先のことになると判断したティナ。

「みなさんがハルト様とするのは、もう少し時間が必要そうですね。ふふふっ」

しばらく夫を独占できそうだと考えた彼女は、うっかり話し過ぎてしまったことを結果オーライだと捉えたようだ。

07

遺跡のダンジョン運営

LEVEL 1 NO SAIKYO KENJYA

しばらく外出してほしいと妻たちから言われたので、俺はひとりで獣人《ベスティエ》の王国にある遺跡のダンジョンに来ていた。もともと今日はここに来る予定だったから問題ない。妻たちに追い出されて拗ねてるとかではない。初めてみんなから暗に『出ていけ』って言われて、軽くショックを受けたとかじゃない。断じて違う。

よし、話を変えよう。

俺は聖都サンクタムを訪れた際に創造神様と交渉し、このダンジョンの管理を任せていただけることになった。ここは白亜が管理人、つまりダンジョンマスターを務めていたのだけど、今はその権限が俺に移行している。

ダンジョンマスターの権限は個人のステータスボードに表示されるのではなく、ダンジョンを構成する最重要パーツ——ダンジョンコアに刻まれるらしい。このダンジョンが俺をマスターだと認めてくれているんだ。

ステータスボードに『ダンジョンマスター』などと表示されて、ステータスが変化することでダンジョンマスターと認められる方式じゃなくて良かったと思う。もしそうだったら、ステータスが《固定》されている俺はダンジョンマスターになれない。

なんにせよ俺は、この遺跡のダンジョンを自由にできる。

元の世界では街やダンジョンを発展させていくシミュレーションゲームが好きで、かなりやりこんでいた。だからリアルのダンジョンを好きに弄れるとなって、ワクワクしないはずがなかった。

思い返せば、ここまで来るのに色々あった。

聖都の大神殿まで行って、創造神様にダンジョンの管理を任せてもらう交渉をしたところまでは良かった。しかし聖都に悪魔が居たせいで、思いがけず滞在期間が延びてしまった。

当初の予定では三日くらいで帰ってくるはずだったんだ。魔法学園は十日間の休み中なんだけど、その休みも残りは今日を含めて後二日しかない。

実は今日も、本当なら朝一番からダンジョンの運営準備に来る予定だった。だけどティナ以外の妻たちが全員どこかに出かけていったことで、彼女とふたりっきりでイチャイチャするという予定が急遽飛び込んできたんだ。

久しぶりだったから気分が高揚して……。今までしてこなかったこともついにやってしまった。ティナも初めてだったみたいだけど、俺の拙い愛撫で気持ちよさそうにしてくれた。

演技だったのかな？

けっこう濡れてたから本当に気持ちよくなっててくれたんだと思うけど……。もっとティナに気持ちよくなってもらえるように色々と練習したい。

ふと、シーツを握りしめて必死に声を押し殺すティナの表情を思い出した。

あれはかなり興奮した。我慢している様子のティナが凄く可愛かった。

俺が我慢できなくて、彼女の首筋にキスマークをつけてしまった。目につくところに痕を残したのはこれが初めてだったから、ティナが他の妻たちから指摘されてなければいいけど。

「おっと、あんまり時間ないんだった」

ティナとイチャイチャしてた時間を思い出しながら、俺はダンジョンのマスタールームでひとりニヤニヤしていた。

明日が魔法学園お休みの最終日なんだ。できればこのダンジョンで一日くらいは遊びたい。俺はその準備のためにここまで来たのだから。

「さて、やりますか！」

気持ちを切り替えるために、少し大きめの声で自分に言い聞かせる。

まずダンジョンコアに手を触れ、魔力を送り込んでいく。

ここが一般的なダンジョンであれば、ダンジョンの改変は全て『ダンジョンポイント』というものを使って行われるらしい。そのポイントはダンジョンにやってきた冒険者や、その他の挑戦者たちの感情の高まりで貯まる。ダンジョン内に宝箱が設置されているのは、冒険者を喜ばせてダンジョンポイントを貯めるのが目的なんだとか。

しかしここ、遺跡のダンジョンは一般的なダンジョンとは少し違う。ここは元々勇者の育成を目的としたダンジョンだった。一般冒険者は中に入れなかったんだ。

そうなると当然ダンジョンポイントが貯まらない。その代わり、創造神様が勇者用に創ったダンジョンでは、ポイント以外に魔力でもダンジョンの改変が可能となっている。ただ魔力での改変は非常に効率が悪かった。世界最高クラスに魔力量が多い魔物である竜が、一年かけて溜めた魔力でフロアの構成を少し弄れる程度。だから白亜もフロア改変は経験がないと言っていた。竜でも魔力量が足りないってことは、ヒトにはこのダンジョンの改変は無理だ。邪神の呪いで無限の魔力を持つ俺は例外だけどね。

つまり俺だけは、このダンジョンを好き放題できるということを意味している。俺はここをテーマパークのようにしたいと考えていた。

驚きと感動、歓喜で溢れるダンジョン。

恐怖もちょっと入れておこう。

最初は俺の魔力でズルをするけど、軌道に乗ったら後はちゃんとダンジョンポイントのみでやり繰りしていこうと考えている。元の世界のシミュレーションゲームでも、スタートダッシュするためゲーム開始時に少し課金してしまった俺の性格はあまり変わっていなかった。

ダンジョン運営がピンチになったら、俺は直ぐに課金に走る《無限の魔力に頼る》かもしれない。

まぁ、それはそれだ。

創造神様から任せていただいたダンジョンを荒廃させるわけにもいかないしな。できる限り手持ちのポイントでやり繰りできるよう、良いダンジョンを作ろう!!

そう考えながら、俺はダンジョンの改装を進めていった。

――＊＊＊――

『ハルト様。夕飯の支度ができています』

俺の左腕に付けたブレスレットからティナの声が聞こえた。

「わかった。今から戻るよ」

作業を一旦やめてティナに返事をする。

かなり夢中でダンジョン改変をしていて、もう夕刻になっているなど気が付かなかった。この遺跡のダンジョンは地下型で、最下層にあるマスタールームには窓がない。時間感覚がおかしくなるから、外の様子がわかるようにもしておくか……。

ちょうどやりたいことは完了したところ。後は細かな調整が残っているのみだ。夕飯を食べたあとに戻ってきてもいいのだけど、最近は家族みんなでお風呂に入るのが日課になっていた。そのあとはベッドに直行。

妻たちに拘束されて、ここには明日まで戻ってこられないかもしれない。でも作業は今日中に終わらせてしまいたい。明日、このダンジョンのプレオープンを予定しているからだ。

実はモニター役としてダンジョンに挑戦する人員も手配済みだった。残っている作業は単純な動作の繰り返しでいける。

だから俺はとある魔法を発動させた。

その魔法にあとを託し、俺はティナたちが待つ屋敷へと転移した。


――＊＊＊――

翌朝。今日は俺の屋敷にエルノール家の全員が揃っていた。

「この食事、とても美味ですね」

「ティナのごはん、やっぱりおいしー!!」

いつもと少し違うのはヨウコの母キキョウと、風の精霊王シルフがいるってことだ。キキョウはエルノール家の一員になったので、これからはずっと俺たちと一緒に食事をすることになるだろう。

シルフは昨日、リファをアルヘイムに迎えに行った時に俺たちについて屋敷へやってきた。

彼女は俺の屋敷にいつか遊びに来たいと言っていたし、今日は俺がみんなに見せたいものがあったので、その観客のひとりになってもらうことにした。

「お口にあったようでなによりです。シルフ様、お代わりはいりますか？」

「うん、いる！」

朝だというのにシルフの食欲は凄かった。


「みんな、今日は暇？」

食事を終え、少し落ち着いたところで声をかける。

「ええ、特に予定はないです。なにかあるのですか？」

俺は昨日準備したダンジョンをみんなに見てほしかった。

「遺跡のダンジョンを改装したんだ。で、そのお披露目をしたいなって」

「もうできたの？　さすがハルトなの！」

遺跡のダンジョンの元マスターである白亜には、ダンジョン改装の件を事前に伝えていた。

「一般の冒険者が挑戦できるように難易度を調整して、ちょっと複雑な構造にしてみたんだ」

勇者育成用として造られた遺跡のダンジョンは、勇者が自由にレベリングをできるよう全体的に単純な構造になっていた。それを一般的なダンジョンと同じく迷路のようにして階層も増やした。それから人造魔物や宝箱の設置などもしている。

「お披露目って、なにをするにゃ？」

「何人かにお試しでダンジョンに挑戦してもらおうかなって思ってる。メルディもその候補なんだけど、お願いできる？」

「面白そうにゃ！　ハルトのダンジョン、攻略してやるにゃ‼」

「そのほかの候補は誰なのですか？」

「実はエルノール家じゃないヒトをゲストとしてふたり呼んでるんだ。理想としては四人パーティーでの挑戦だから後ひとり、回復役が欲しいんだけど……」

「私がその役をやりましょうか？」

「わたしでもいいですよ！」

回復職としてこの世界最高クラスの力を持つふたり――竜の巫女のリュカと、聖女のセイラが名乗りを上げてくれた。

「僕でもいいよ！」

「回復なら妾も、そこそこできます」

シルフとキキョウも回復役として動けるようだ。でも俺は、すでに任せる人を決めていた。

「今回はセイラにお願いしていい？」

「わかりました！」

こうして、俺のダンジョンに初挑戦するメンバーが決定した。


その後、みんなを連れてベスティエまで転移した。

ベスティエ王都に入るための門の前で、見覚えのあるふたりが俺たちを待っていた。

「ハルト様、お久しぶりですにゃ」

「お待ちしておりました」

猫の獣人サリーと、犬の獣人リリアだ。

サリーとは以前、この国の武神武闘会で戦った。彼女の強さを認めた俺が、いつかクランをつくったら入ってほしいと声をかけていたんだ。リリアはサリーの友人で、王都の検問所で働いている。ふたりとも戦闘ができるような格好をしていた。俺はこのふたりの獣人に俺の家族をサポートメンバーとしてつけて、俺のダンジョンを攻略してもらうつもりだ。

昨晩、サリーに渡してあった連絡用の魔石を通して、俺のダンジョンに挑戦してもらえないか打診した。その場にリリアもいたから、彼女にもサリーと一緒にどうかと聞いてみた。

彼女たちは俺からの連絡に驚いていたが、すぐにダンジョン攻略の件を了承してくれた。

「ふたりとも、今日はよろしくね」

「はいにゃ！」

「精一杯頑張ります！」

その後、サリーたちに会ったことのないキキョウやセイラたちを紹介し、俺の目的を改めてみんなに伝えておく。

「俺はベスティエの所有者《オーナー》になってる。ここは俺の国だ。自分の国だから、その住人たちを悪魔や魔人といった脅威から護りたい。でも俺がベスティエに常駐できるわけじゃない」

「ハルト様があまりこの国に来られないのは寂しいですが……。仕方ないにゃ」

「私たちは獣人です！　自分たちの国は自分たちで守ります!!　ただ、魔人や悪魔が相手ですと、申し訳ありませんがハルト様のご助力が必要です」

危機が迫れば転移で直ぐに来れるんだけど、間に合わないこともあるだろう。リリアが言ってくれたように、獣人族はこの世界では強い種族だ。相手が人族などであれば自分たちで国を守れる。それでも個人で魔人を倒せる獣人は、魔法の使用を解禁した獣人王のレオくらい。

「もちろん助けに来るけど、俺は魔人と戦える獣人を増やしたいなって考えてる」

魔人と戦えるレベルまでヒトを育てるのはかなり大変だ。普通に森などに発生する魔物を倒していては絶対にレオのレベルまで強くなれない。

特別なスキルでも持っていなければ、かなり効率よくレベリングする必要があるのだ。そこで活用できないかと考えたのが、勇者育成のために用意された遺跡のダンジョンだった。

「俺は遺跡のダンジョンを、仲間の強化のためのダンジョンに改良したんだ」

「だ、ダンジョンを改良？」

「それって、ダンジョン攻略者なら普通にできることなのですか？」

ふたりは俺が遺跡のダンジョンを一度完全攻略したことを知っている。

「攻略者にそんな権限はないの。ダンジョンの改変ができるのはダンジョンマスターだけ。そのマスターでも改変は簡単にはできないの。というか、冒険者が来ない遺跡のダンジョンは普通の方法じゃ改変なんてまず不可能なの」

白亜が解説してくれたおかげで、みんなの視線が俺に刺さる。

そうです。俺は普通じゃない方法で、遺跡のダンジョンを改変しました。

この辺りを説明してると本題に入れないので、今は保留にしておこう。

「一般的な冒険者には一層から十層までを公開し、そちらを攻略してもらう。俺は地下十層までしかなかったダンジョンに十一層から二十層までを追加した」

この追加した層が俺の仲間の育成フロアとなる。俺が組み込んだプログラムをこなしていけば、ダンジョンを踏破する頃には魔人を倒せるレベルになるように設定したつもりだ。

「それじゃ、早速だけど行こうか。みんな、ついてきて！」

俺の妻たちとサリー、リリアをつれて遺跡のダンジョンまで転移した。

その転移した先で――

「えっ⁉」

「あ、あれ？　な、なんで――」

ティナを初め、その場にいた全員が固まった。

遺跡のダンジョンの前に設置し、転移魔法陣へと転移したのだが、そこに俺が準備していたモノにみんなが驚いている。

「なかなか凄いでしょ？　けっこう頑張って揃えたんだから！」

俺はダンジョンの入口の前に武器屋、防具屋、道具屋、食事処、宿屋などを作り上げた。急ピッチで作ったので、建物は壁と屋根だけ。品揃えもまだまだ物足りないが、なんとなく形にはなっている。

いずれ商人たちを招いて、ダンジョン前市場として活性化させていきたいと考えている。冒険者を呼び込むためにはダンジョンの中身も重要だが、それ以上に冒険者をサポートする環境が大事なんだ。俺はそれを元の世界のラノベやシミュレーションゲームで学んでいた。

「ここにそのうち小さな町を作りたい。ダンジョンに挑戦する冒険者をサポートするための町。今はまだまだだけど――」

「あ、主様……」

「ん？　ヨウコ、どうかした？」

「ダンジョンの入口付近に自然と町ができることは知っておる。主様がそれを真似ているというのもわかる。しかし――」

ヨウコが近くの道具屋の店員のもとまで歩いていった。

「なぜ店員が、全てコレなのじゃ!?」

ヨウコが武器屋の店員の服を引き、店の外へと引っ張り出した。

彼は、俺の姿をしていた。

「さすがに商人を呼び込むところまでは手が回らなくて……」

できればみんなに武器や回復薬などの売買が行われている様子を見せたかった。しかし客である冒険者がダンジョンに来ていないので、商人たちが集まってくれるわけがなかった。

「えっと、ヨウコさんが言いたいのはそういうことじゃないと思います」

「ん？　どーゆーこと？」

「『なんでハルト様が分身魔法を使っているのかってことです』」

「そうじゃ！　なぜしれっと分身しておるのじゃ!?」

「なぜって……。便利だから？」

分身魔法は便利だ。炎の騎士たちではできないような細かな作業ができるし、なにより外見は完全に俺なのでヒトの町などに行って買い物をすることもできる。

このダンジョン前市場にある武器や防具などは全て、俺がダンジョンを改装している間に俺の分身たちが買ってきてくれたものだ。そうして品物は揃えたが、店員が集まらなかった。それでもこの市場のデモンストレーションをしたかった俺は、分身に各店の店員をやらせることにしたんだ。

服装は少しずつ変えているけど、身体や顔は全て俺のまま。分身魔法を極めれば体型や顔つきを変化させたりできるようになるかもしれないけど、ヒトを完全に模倣した分身を作り出すのはかなり困難で、俺はまだ自分のコピーを作り出すのが精一杯だった。

「違う！　主様が分身魔法を使った理由を聞いておるのではない!!　いったいどうやってこの魔法を使っておるのか知りたいのじゃ！」

「この魔法の発動方法が知りたいってこと？」

「そうじゃ！」

「『ハルト様、少なくとも十人に分身していますけど……。魔力は大丈夫ですか？』」

「わたしもそれが気になります。わたしが調べた分身魔法は、本人の魔力を等分する魔法でした。十人以上に分身して問題ないのですか？」

マイとメイ、それからセイラは俺の体調を心配してくれているようだ。

別に秘密にしたいわけでもないし、教えてあげよう。

「これ実は炎の騎士の応用なんだよね。だから多分、みんながいう本物の分身魔法とはちょっと違うんじゃないかと思う」

そう言いながら俺は魔力を放出する。

魔力を操作して、燃える身体を持つ人馬一体の騎士を俺の右側に出現させた。

「そんで、こっちが無属性の騎士ね」

続いて無属性の魔力だけで構成した騎士を俺の左側に出現させた。俺の左右に立つ騎士は、火の属性を持つか持たないかが違うだけで、それ以外の性能は全く同じ。無属性の騎士も炎の騎士たちと同様に自律行動が可能だ。無属性の騎士は体内が透けて見えており、その胸の中心にコアが輝いていた。

分身魔法のベースになるのは、こっちの無属性の騎士だ。

「まず、コイツの後ろ脚をなくします」

手刀で騎馬の後ろ脚部分を斬り落とした。斬り落とされた後ろ脚を構成していた魔力が周囲に霧散していく。

「次に鎧を剥がします」

最初に作った時のイメージが強すぎるせいか、俺の騎士シリーズは必ず鎧を纏って出現する。その鎧は邪魔なので全部剥いでいく。

「ちょっと身体が大きいので縮めます」

俺が騎士に向けて手をかざし、軽く手を握ると騎士の身体が圧縮されていった。この時に体型の調整ができるのが一番良い。だけど分身としての人型を意識してしまうと、どうしても慣れ親しんだ俺自身の体型になってしまう。これはそのうち色んな体型にできるようにしたいと考えている。

「そんで、兜を外します」

無属性の騎士に指示を出して兜を外させる。

「「「――えっ!?」」」

俺の妻たちがみんな同じように驚いていた。

彼女たちの視線の先には――

騎士の兜を脇に抱えた半透明の俺が立っていた。

「炎の騎士の兜の下って、そうなっていたのですか？」

ティナが言いたいのは炎の騎士たちの顔が全て俺の顔になっているかってことだと思う。もしかしたら彼女は、ケンタウロスのような胴体に俺の頭がついているのを想像しているのかもしれない。

――いや、それはさすがに気持ち悪くないですか!?

「ち、違うよ！　兜脱がせる時に俺の顔に変化させてるだけ。ほ、ほら。これ見て!!」

慌てて俺の横にいた炎の騎士に兜を取らせる。

感情のない、炎に包まれた顔が現れる。

「よ、良かったです。さすがにケンタウロスの胴体にハルト様のお顔は、ちょっと……」

「我もそれはダメだと思うのじゃ」

「もしそうだったら、気持ち悪いにゃ」

「メルディさん、ストレート過ぎますよ」

あ、危なかった……。

やはり俺の妻たちは、そんなおぞましい想像をしていたらしい。

早めに誤解を解くことができてよかった。

「ま、まぁ、そんな感じ。あとはこれに風と水と光魔法を組み合わせた幻影魔法で俺の皮膚の色とか触感を付与してっと」

俺の前に俺が現れる。まるで鏡を見ているようだ。

「これが俺の分身魔法だよ」

「あ、あの……。ハルトさんの分身に触ってみてもいいですか？」

リファが聞いてきた。

とある理由から俺は分身の見た目だけじゃなく、肌の質感や温かさなどにもこだわって俺に近づけていた。

「いいよ」

俺は分身魔法で俺自身をかなり再現できていると自負している。

「こ、これは──」

リファが夢中になって俺の分身の身体を触っている。昨晩はリファと一緒に寝る日だったから、その感覚を思い出しながら触ってるみたいだ。本人が横にいるんだ。俺を触ってくれてもいいんだけど……。

「わ、我も触ってみたいのじゃ」

「『私たちもです！』」

「妾も興味があります」

「私もハルトの分身さわるのー！」

「おっけー。じゃあ、みんなで俺の分身の出来栄えを確かめて」

そう言って俺は各店で売り子をさせていた俺の分身たちを呼び寄せた。

最近、妻が増えたことで彼女たちに寂しい思いをさせていることには気づいていた。だから彼女たちの寂しさが少しでも紛れればと思い、俺は俺自身を増やすことにした。

この分身魔法は炎の騎士と同等の性能を持つので、その身体が消える際に分身が経験した全てが俺に入ってくる。読心術や直感を鍛えてきたことで、まだ完璧ではないものの、自分の意識を魔法に反映させることとできるようになっていた。

つまり分身は俺自身であるといえる。

唯一再現できなかったのは生殖機能。

できなかった――というより、あえてしていない感じかな。

それだけは分身に譲るのが嫌だったから。

「す、凄い……。まるで本物のハルト様です」

一番俺に触れているはずのティナが、分身魔法の再現度合いに驚いていた。

「この分身たちをみんなのブレスレットに数体ずつ入れとくから。好きに使っていいよ」

「「えっ!?」」

俺の言葉を聞いた妻たちが一斉に俺のほうを向く。

「私たちがなにかをお願いしたら、ハルトさんの分身がそれを聞いてくれると？」

リファが俺の分身の服を掴みながら問いかけてきた。

「うん。基本的にはみんなを護るための魔法だけど、ほとんど俺と同じだから……。その、俺がみんなの相手をしてあげられない時とかに使ってもいいよ」

夜寝る時、俺の両側に妻がひとりずつ寝るのだが、俺の希望で左側は常にティナで固定だった。空いてる俺の右側に他の妻たちが日替わりでくるのだけど、ティナ以外の十人の妻たちとは十日に一度しか一緒に寝てあげられない。

妻たちはみんな俺と一緒に寝る時は嬉しそうにしてくれるので、その分一緒に寝られない夜は寂しい思いをしているんじゃないかと思う。実際にリファやヨウコからは、なんとかしてほしいと相談を受けていた。

そんな妻たちの相手を同時にできるようにするため、俺は分身魔法を創った。

「た、例えば主様の分身に、添い寝をお願いしてもよいのかの？」

「いいよ」

「「一晩中出現させても良いのですか？」」

「大丈夫。戦闘とかで魔力の放出をしないなら、一日くらいは魔力の補充なしでいける」

実は添い寝する程度なら、十日ほど分身を出したままでも問題ない。しかし十日間も俺の分身とずっと一緒にいたら、妻たちの情が分身に移ってしまうかもしれない。

だから夜間、妻たちと添い寝をした分身魔法は、朝の挨拶をしたら一旦ブレスレットに戻るよう行動を制御していた。

妻たちに寂しい思いをさせたくはないけど、それによって俺から気持ちが離れるのは嫌だ。

これは完全に俺のエゴ。

「ブレスレットに戻ったら、その日の夜にはまた出してもいいのかにゃ？」

「もちろんいいよ。みんなに渡してるブレスレットには、周囲から俺の魔力を吸収する魔石を組み込んである。屋敷には俺の魔力が高濃度で漂ってるから、みんなが俺の屋敷で過ごすだけで勝手に魔力の補充がされる」

「ハルトさんに魔力の補充をお願いしなくてもいいってことですね？」

「うん、ルナ。そーゆーこと」

ブレスレットから分身を出すごとに俺が魔力を補充してあげてもいいのだけど、それだと妻たちが使いにくくなるかもしれない。毎日のように俺に魔力の補充を頼んできたら、それは毎晩分身と寝ているると俺に報告するようなものだから。

まぁ、分身が消える時にそれが経験したことは全て俺に流れ込んでくるので、魔力の補充を頼まれなくても妻たちが分身を使ったかどうかはわかってしまう。

「「ちなみにですが、分身を何体か同時に出してもいいのですか？」」

「それも大丈夫だよ。でも分身を複数体出すと魔力の補充に時間がかかるから、連日の使用は無理になるかな」

その後、妻たちの質問にいくつか答えて一旦質問タイムを終了し、ダンジョンのお披露目のほうに移行することにした。

サリーとリリアを完全に放置してしまっていた。

「ふたりとも、待たせてごめん」

「いえ。お構いなく」

「分身魔法……。ハルト様は相変わらず、とんでもない御方にゃ」

サリーが小声で、いつか俺の分身をもらえるように頑張るにゃ、と呟いていた。分身を渡せるのは俺特製のブレスレットを持つ者——つまり俺の妻だけ。もし俺の分身が欲しいなら、サリーにも俺の妻になってもらわなくてはいけないな。

とはいえサリーやリリアには将来俺のクランに入ってもらうつもりなので、護衛として炎の騎士なら渡しておいてもいいかなーと考え始めていた。


——＊＊＊——


ダンジョンの入口にメルディとセイラ、サリー、リリアを残して、俺は妻たちと一緒にダンジョンのマスタールームに転移した。

この部屋の中央に設置されている巨大水晶がモニターとなり、ダンジョン内部の様子がチェックできるようになっている。

「さ、みんな好きなところに座って」

モニターの前に準備した椅子に座るよう案内する。

「我が主様の右側じゃ！」

モニター正面の席に俺を強引に座らせたヨウコが、そう宣言した。

「あっ。ヨウコさん、ズルいです！」

「では私は、いつものようにハルト様の左側で」

リファがヨウコに文句を言っている隙に、サッとティナが俺の左隣の席に座った。

「じゃ、僕はここにするー！」

そう言ってシルフが俺の膝の上に乗ってきた。

「「えっ、そこ……。ありなのですか？」」

いや、ありだとは言っていないけど……。

「むー。私もそこ狙ってたの」

「白亜さん。私の膝の上ならいいですよ」

「リファ、ありがとなの！」

ティナの横の席に座ったリファの膝の上に白亜が嬉しそうに乗った。他の妻たちもそれぞれ席についたようだ。

さて、ダンジョンのお披露目会を始めますか！

俺はブレスレットを通じで、メルディたちにダンジョンを開放したことを伝えた。


――＊＊＊――

「それじゃ、いくにゃ！」

「はい！」

「よろしくお願いしますにゃ！」

「あ、足を引っ張らないように、頑張ります」

犬獣人のリリアだけ少し自信がなさそうだった。これからハルトが改造した遺跡のダンジョンにチャレンジするのだが、リリアと同行するのが武神武闘会で本戦まで勝ち上がった猫獣人のサリーや、武神武闘会で準決勝に進出したメルディ、そして元聖女のセイラだというから彼女が気後れするのも無理はない。

「リリア、そんなに心配しなくてもいいにゃ。ウチはこのダンジョンを一回クリアしてるけど、たいした魔物は出てこないから大丈夫にゃ」

ハルトがダンジョンを改造したと言っていたが、彼がダンジョンの管理を創造神から任されてまだそんなに時間が経過していない。

だから構造や出現する魔物をそこまで変えることなどできないとメルディは考えていた。

彼女は忘れていたのだ。

このダンジョンを作り変えたのが膨大な魔力で強引に大抵のことをやり遂げてしまう、あの賢者であったことを。かつてメルディやリューシンに鬼畜な訓練を強いた、あの男であるということを。

メルディたちがダンジョンに足を踏み入れた。その瞬間――

「えっ!?」

一瞬で目の前の景色が変わった。

外界の光が射し込むダンジョン一層目に入ったはずだが、そこはすでに遺跡の深部だった。

壁の模様や雰囲気は前回このダンジョンを攻略した際に見た最終層付近のものと似ている。

メルディが後ろを振り返ると、自分たちが通ったばかりの入口が消えていた。

『そこは十一層目。十層までのダンジョンをクリアして、さらに強くなりたいと思った獣人を鍛えるためのおまけダンジョン。今メルディたちがいるのは、それの始まりの場所だよ』

メルディが腕につけていたブレスレットからハルトの声が響く。

彼女たちはダンジョンの入口から十層目までをすっ飛ばし、この十一層目まで強制的に転移させられたようだ。

ある程度の実力がある獣人がこのダンジョンにチャレンジしようとした時、自動で十一層目に転移されるような魔法陣をハルトが仕込んでいた。

『みんなにはおまけダンジョンのほうをどこまで行けるか試してほしいんだ。危なくなったらすぐに助けるから。無理しないように頑張ってね』

そう言ってハルトの通信が切れた。

「……この先は、メルディさんも未知のフロアってことですよね?」

「そう、なるにゃ。で、でも、ハルトがウチらに危ないことさせるわけないにゃ! だからきっと大丈夫なはずで――」

「あっ、あの、魔物が来ますにゃ！」

セイラの質問にメルディが答えていたところ、サリーが魔物の接近を感じ取った。

「えっ。あ、アレって――」

リリアが魔物の種類に気がつく。それは危険度Bランクの魔物だった。

魔法耐性が異常に高い牛のような魔物、マホノームが五体。斬撃や衝撃に高い耐性を持つ魔物、キレヌーが五体。合わせて十体の魔物がメルディたち目掛けて突進してくる。

「ち、散るにゃ！」

メルディの指示でサリーとリリアはマホノームとキレヌーの突進ルートから即座に離脱した。身体能力がそこまで高いわけではないセイラをメルディが抱えて跳んだ。

「えっ、きゃぁぁぁあ!?」

突然のことに驚いてセイラが悲鳴をあげる。

メルディは高速で走ってくるマホノームたちに向かって跳んだのだ。彼女は何体かの魔物の背を蹴って、マホノームたちの突撃をやり過ごした。

マホノームとキレヌーがそれぞれ一体ずつ分かれ、サリーとリリアに向かっていく。

「サリー、リリア！　少しだけ耐えてほしいにゃ!!」

「こっちは大丈夫ですにゃ！」

「メルディ様、お気をつけて！」

サリーとリリアは既に魔物と戦い始めていた。

「サリー、キレヌーは私がやるよ！」

「うん！　マホノームは任せるにゃ!!」

剣術に秀でたサリーがマホノームを。魔法も使えるリリアがキレヌーを相手にして、上手く立ち回っていた。

「あっちはなんとかなりそうにゃ」

「ですが、こっちに八体もきたのはどうしてでしょう？」

十体いた魔物のうち、二体だけがサリーとリリアのもとに向かい、残りはメルディとセイラを囲んでいた。

「最近ハルトと訓練してなかったから忘れてたけど……。アイツって訓練の時はかなりの鬼畜野郎になるのにゃ」

「えっ!?」

メルディがハルトのことを『アイツ』と呼んだ時、まるで彼に怨みを持っているような声に聞こえたのでセイラが驚いた。

「この魔物たち、ハルトに洗脳っぽいことをされてるにゃ。強い者を優先的に攻撃しろって」

メルディの読みは当たっていた。

実際は洗脳ではなく、単に『強いものを優先的に攻撃しろ』と命令しただけ。この魔物たちはハルトに『テイム』され、使役されていたのだ。

しかし魔物をテイムするのには大量の魔力が必要になる。しかもBランクの魔物ともなれば、上位のテイマーでなければ抵抗《レジスト》されてしまう。Bランク魔物十体をひとりでテイムするなど、この世界では考えられなかった。

それを成し遂げてしまうバケモノがいたのだ。

彼が分身魔法を覚えたこと。ダンジョンという最高のおもちゃを創造神から与えられたこと。テイムという魔法を覚えてしまったこと。これらがこのダンジョンの十一層目以降に配置された魔物たちにとっての最大の不幸であった。

実は今メルディたちを襲っている魔物たちだけではなく、このダンジョン十一層目から先にいる全ての魔物が、たったひとりの人族の支配下にあるのだ。

昨日の昼過ぎから今日の朝方にかけて、彼の分身たちが世界中に転移し、めぼしい魔物をテイムしまくった。

Bランク最上位の魔物であるハイオークは、ハルトの分身のテイムにレジストしようとしたため、害獣と判断されて討伐された。その様子を見て即座にテイムを受け入れたのは、討伐されたハイオークが所属していた一族の族長であった。ハイオークの族長は今、十四層目のフロアボスを任されている。

狼系最強の魔物、インフェルノウルフの群れのボスは、ハルトの分身と炎の騎士数十体にボコボコにされ、その後テイムされて十六層目のフロアボスになっていた。

世界各地でBランク～Sランク魔物の乱獲が起きていた。

普通に考えれば乱獲されるような魔物たちではないのだが、無理やり彼の分身にテイムされ、このダンジョンに連れてこられたのだ。

そして本体であるハルトが、それらの魔物を各層に配置していった。彼はこのダンジョンをクリアできれば魔人を倒せるほどの力をつけられるように調整したつもりでいる。

例えば十一層目には物理耐性と魔法耐性が強い魔物を一緒に配置した。物理も魔法もバランスよく強くないと、この層で苦戦するだろう。

十三層目は数多の魔蟲が棲息するフロア。広範囲を一度に殲滅できる魔法が使えなくては先に進めない。当然魔法の威力も求められる。

十六層目は攻撃力と移動速度、集団での戦闘に秀でたインフェルノウルフの群れが襲いかかってくる。敵の連携に注意しながら、確実に一体ずつ仕留める力がないとここで死ぬ。

ハルトは各層にそれぞれ鍛えるべきテーマを設定していた。

ちなみに最終層のボスは、ハルトによってテイムされた魔人だ。危険度Aランクのオーガを上位層のフロアボスにしようとオーガの里に出向いたハルトの前に、偶然魔人が現れた。それをテイムできてしまったので、彼はその魔人を最終層のボスにした。

このダンジョンをクリアするためには、魔人を倒せる実力が必要なのだ。

メルディたちは当然、そんなことを知る由もない。

「最初からBランクの魔物ってのは驚いたけど、この程度ならなんとかいけそーにゃ！」

この時の彼女はまだ、ダンジョンをクリアできる気でいた。

その後メルディたちは絶え間なく突撃してくるマホノームとキレヌーを倒し続けた。

メルディはすでにレベル100を超えており、Bランクの魔物程度、いくら群れようと敵ではなかった。普通のBランク魔物であれば。

メルディがいう鬼畜野郎――ハルトは自分の仲間を鍛える時、一切手を抜かない。鍛える対象者がギリギリ勝てるかどうかの敵を用意することで、急激な成長を促すのだ。仲間が危なそうになれば瞬時に助けられるという絶対的な自信のもと、鬼畜と呼ばれる訓練を仲間たちに課すのだ。全ては『強い仲間』を育てるため。

昔のハルトはティナと彼女が住むこの世界を護りたい――そう漠然と考えていた。しかし実際に『護れる力』を身に付けると、ひとりでは成し遂げられないことの多さに気がついた。

今のハルトは世界をひとりで守れるとは思っていなかった。それは守護の勇者として百年前に活動していた頃の記憶を取り戻していたというのも大きい。

守護の勇者が助けられない命があった。

守れなかった街があった。

ひとりでは、世界を救うことなどできない。

だから彼は育てようと考えた・・・・・・。

Sランクの魔物を倒せる友を。

魔人を屠る力をもった家族を。

悪魔を滅し、魔王とも戦える強い仲間たちを。

賢者ルアーノが特別講義で仲間の力を引き出してくれる。もちろんそれは為になるが、ハルトは少しそのやり方が生温いと感じていた。この世界では彼を除く全てのヒトがレベルを上げることで強くなれる。だったらギリギリ勝てるかどうかの敵と戦い続けることで、レベルも戦闘能力も成長するはず——ハルトはそう考えていた。

実際、その考えは間違っていない。

確かに賢者ルアーノの講義で魔法の真髄を知れば、魔力を魔法に変換する効率が上がり、結果として魔法の威力は上がる。しかし魔法を使う上でより重要になるのがステータスだ。効率よく魔力を使える者より、圧倒的なステータスを持つ者のほうが強い。

ここはそんな世界だ。

では圧倒的なステータスを持つ者が魔力や肉体を効率よく使いこなす技術を身につけたら？

強くなるに決まっている。

そしてステータスを高めながら技術を身につけるのに最も適した行為。それこそが、ギリギリ勝てるかどうかの敵とひたすら戦うことだった。

この世界のヒトは肉体的、精神的に追い込まれた限界の中で最も魂が輝き、急激にその身と精神を成長させる。経験値の獲得率が高くなり、レベルが上がりやすくなる。他人の魂の存在を感じられるまでに精神を成長させ、仲間の強化を意識し始めたハルトがその仕組みに気がついた。そんな彼が用意したBランクの魔物が、ただの雑魚であるはずがない。

「あ゛あ゛あ!!　うっざいにゃぁぁぁあ！」

現在ダンジョンに挑戦中のメンバーでは一番強いメルディに、大量のマホノームとキレヌーが群がっていた。

その群がる魔物たちを倒しきれないメルディがイライラしている。

彼女が物理攻撃でマホノームを倒そうとするとキレヌーが盾となる。キレヌーに向かって魔法を使おうとすると、マホノームが突っ込んでくるのだ。

そうなるよう、ハルトが指示を出していた。

メルディのスピードをもってすれば魔物の攻撃を受けることはない。しかしマホノームやキレヌーを倒せるほどの攻撃を出すために物理攻撃を繰り出すにしても、魔法で攻撃するにしても、彼女は少し溜めの時間が必要だった。だから魔物を倒しきれずにいたのだ。

ハルトがこのダンジョンにチャレンジするメンバーに彼女を入れたのは、それを改善させるため。メルディがこのフロアの魔物を倒しきるには、溜めの時間を短くして魔物にガードさせないようにする。もしくは一撃で魔物を壊滅させるほどの大技を放つ隙を作るしかない。

そしてメルディは、ハルトの期待に応えた。

「サリー、リリア！　ウチの後ろに!!」

「は、はい！」

「わかりましたにゃ！」

セイラを抱えて魔物の囲いの外に出たメルディが、サリーとリリアに指示を出す。

ふたりは戦闘を止め、すぐさまメルディの後ろに移動した。

魔物たちがそれを追って走ってくる。

「物理も魔法も防ぐなら――」

メルディの身体から魔力が溢れ出した。

「ウチの、ありったけを喰らうにゃ！　アーススピア!!」

彼女が全力で地面を殴りつけると、そこを起点として地面から無数の岩石の槍が生えていった。魔法としてのアーススピアと、メルディが吹き飛ばした岩石が魔物たちに襲いかかる。

岩石がマホノームを穿《うが》ち、アーススピアがキレヌーを貫いた。

「す、凄い……」

セイラは目の前の光景に驚いた。

魔物たちと戦いながら、ダンジョンの中を移動して開けた場所に出ていたのだが、その場の地面を全て抉《えぐ》り返すほどの魔法をメルディが発動させていたからだ。

そのエリアにいた全ての魔物が倒された。

「ど、どんなもんにゃ」

さすがのメルディも疲弊していた。

魔力と体力を使い果たし、肩で息をしている。

「メルディ様、大丈夫ですかにゃ!?」

「ま、魔力回復薬です！　どうぞ!!」

サリーから差し出された回復薬を奪い取るような勢いで受け取ると、メルディは一気にそれを飲み干した。

「みなさんの体力を回復させますね」

世界最高クラスの回復魔法の使い手——聖女であるセイラが三人の体力を回復させていく。

「ふぅ。セイラ、ありがとにゃ。リリアも」

「いえ、わたしは戦闘であまりお役に立てませんでしたから……」

「わ、私もです。まるでメルディ様ばかりに魔物が引き寄せられているようでした」

「あー。たぶん、ハルトがそうなるように仕組んでるにゃ。こんなことならハルトの提案、乗らなきゃ良かったにゃ」

メルディはハルトが魔物を操っていることに気づいていた。そして面白そうだと言って、彼の誘いに容易に乗ってしまった自分を悔いていた。

「でも、せっかく来たから一層くらいはクリアしてやりたいにゃ」

「メルディさん、大丈夫なんですか？」

「体力も魔力も戻ったから、うちは戦えるにゃ！」

「ですが、フロアにいる魔物がアレだったのです。もしかしたらボスも——」

「すっごい強いのがいるかもしれないですにゃ」

リリアとサリーは撤退を考え始めていた。今の自分たちでは、この先に進むのはまだ実力不足であると痛感したようだ。

「ボス部屋って、基本的にボスと取り巻きが数体いる程度にゃ。敵の数がいっぱいいないなら、ボスはウチがなんとかするにゃ」

そう言ってメルディはボス部屋へと歩き出した。

セイラたち三人もそれについていく。

「あ、あの……。ハルトさんの魔法の炎の騎士。アレがボスってことはないでしょうか？」

「セイラ、さすがにそれはないにゃ。あんなヤバい魔法が一層目のボスになってたらさすがにひくにゃ。アレは最終層か、その手前くらいにいてもいいくらいの魔法にゃ」


ボス部屋の前にたどり着いた。

「とりあえず十一層目、突破してやるにゃ！」

「はい！　回復はおまかせください」

「私も頑張りますにゃ」

「最善を尽くします！」

四人がボス部屋に入る。

そこにボスはいなかった。

「……ボス、いないのかにゃ？」

「メ、メルディさん！　アレを!!」

セイラが指さす先の地面に五つの魔法陣が描かれていた。

突然それらが輝き出す。

五体の騎士が現れた。

「あの。アレって、やっぱり――」

「ふ、ふざけんにゃぁぁぁぁぁあああ!!」


――＊＊＊――


メルディたちが十一層目の魔物たちに囲まれていた時、ダンジョンのマスタールームはこんな感じだった。

「あの数のマホノームはえげつないのじゃ……」

高威力のビームを放てるヨウコであれば、魔法耐性の高いマホノームといえど殲滅は容易いだろう。それでもダンジョンでいきなり百を超えるBランクの魔物に囲まれるのは普通考えられないので、現在苦戦しているメルディに同情していた。

「キレヌーとセットで出現するのが厄介ですね」

「わ、私は十一層目……。無理そうです」

「えぇ、そうかもしれません。もしリファさんがこのダンジョンに挑戦する時は、ハルト様に少し難易度を調整してもらいましょう」

ティナとリファがそんな会話をしていた。

「お、おいハルト！　セイラは大丈夫だろうな!?　Bランクの魔物があんなにたくさんいる場所に送り込むなんて聞いてないぞ!!」

「エルミア、心配するなって。ヤバくなったら俺がすぐ助けるから。それに――」

「『メルディさんがいるから、大丈夫だと思います』」

「そーゆーこと」

ハルトの直感は、メルディならこの層をクリアできると告げていた。苦戦はするが、それを乗り越えれば彼女は一段階強くなれると。

今のメルディに足りないのは、高威力の魔法や物理攻撃を繰り出すために必要な溜めの時間を短くする技術だ。自分と同等、もしくは自分より格上の敵と戦う時、敵を目の前にしながら時間をかけて力を溜めなければ決定打を出せないなら勝てるわけがない。

溜めの時間を短くできないなら、逆に溜めを長くして一撃で敵を殲滅できるだけの攻撃を身につけるべきだとハルトは考えていた。

今のメルディは攻撃速度も一撃の威力も、どちらも中途半端だった。

「ねぇ、ハルト。僕の気のせいかな？　あの魔物たち、まるでなにかに操られているような気がするんだけど」

「私もそー思うの。なんかメルディだけ集中的に攻撃されてるの。普通の魔物なら、まずは弱い奴から狙うはずなの」

「シルフや白亜の言う通りだよ。あれは全部、俺が操ってる」

「「えっ？」」

「メルディに攻撃までの溜めを短くするか、一撃で敵を殲滅できる力をつけてほしくてね。ちょっと追い込んだら、きっと彼女は成長してくれるから」

この時、モニターからメルディの声が響いた。

『ウチの、ありったけを喰らうにゃ！』

メルディの攻撃でその場にいた魔物が全滅した。

「ほら！　メルディならできるって言ったろ!?」

ハルトは満足そうな笑顔で、膝の上に座るシルフの頭を撫で始めた。

それはメルディの成長が嬉しくなり、無意識に始めた行為だった。

「う、うん。僕もメルディ、凄いと思う」

彼の意見に同調しながら、シルフは頭を撫でられて喜んでいた。

「ハルト、メルディが凄いのは私もわかったの。だから私も撫でてほしいの！」

「んー。白亜は、次回このダンジョンで俺が指定するフロアをクリアできたらいっぱい褒めてあげるよ」

「えっ、今回はダメ、なの？」

「はいはい。ちょっとだけな」

頭を撫でてもらえないと思った白亜がシュンとしてしまったので、ハルトは彼女の頭を軽く撫でてあげた。

「あ、ありがとうなの。次、私が挑戦する時、頑張るの！　元ダンジョンマスターの実力、ハルトに見せて褒めてもらうの!!」

「あぁ。頑張ってくれ」

ハルトはテイムした魔人の強さを確認するため、白亜と戦わせようとしていた。

「メルディさんの攻撃が凄かったので意識がそっちにいっちゃいましたが、あの百体ほどいたBランクの魔物をハルトさんがテイムしてるのにも驚きなんですけど……」

「ルナさん、私も同意見です。そもそもテイマーじゃないハルトさんがあれだけの魔物を使役して、さらにそれが全部倒されたのに平然としているのが信じられません」

ルナとリュカは冷静にハルトが成し遂げたことの難易度を分析していた。

普通、魔物をテイムすると魔物との間に絆ができる。その絆があるからこそ、魔物はヒトの言うことを聞くのだ。しかし魔物との絆ができるのは良いことばかりではない。テイムしている魔物が倒れた時、絆で繋がっているヒトにも精神的なダメージがくるからだ。

ハルトは百体もの魔物をテイムし、それを倒されたのに全くダメージを受けていなかった。魔物を使役しているのは、いつものように膨大な魔力で無理やり成し遂げた荒業だ。

大事なのは精神的ダメージをうけなかった理由。それは邪神の呪い【固定】《ステータス》の効果だった。ヨウコと主従契約を結んだ時と同じなのだ。契約によりヨウコはハルトに従うが、ハルトは本来契約の効果で負うはずの彼女への庇護欲を無視できた。

ハルトが魔物をテイムすると、魔物からハルトへの絆はできているが、彼から魔物への絆はできない。とはいえダンジョン内を歩けば全ての魔物がハルトに懐いてくる。そんな魔物たちを使い捨てにできるほど、彼は冷徹になれなかった。

だからハルトはダンジョンの十一層目以降にいる全ての魔物に対して、倒されても復活できるよう、ダンジョンコアに蘇生魔法《ヒール》をセットしていた。

この遺跡のダンジョンでは挑戦者だけでなく魔物も復活できるのだ。

ちなみにハルト以外の誰かがここの魔物を倒せば、経験値が手に入り、レベリングも可能。

ハルトは自身が持つ無限の魔力を仲間のレベルに変換できるシステムを作り上げていた。

十一層目以降のフロアにいるおよそ千体の魔物たちは全てハルトの支配下で、全ての魔物が復活可能。それはこのダンジョン内に限定してみれば、千に及ぶ不死の高位魔物をハルトが率いていることを意味する。しかし当の本人はこのことをあまり自覚していなかった。

ハルトは仲間を鍛えるダンジョンを作るつもりで、不滅の軍団を作り上げていたのだ。

――＊＊＊――

メルディは五体の騎士を倒しきった。

彼女もだいぶダメージを負ったが、受けた傷はセイラが瞬時に回復させたから、メルディは騎士たちの攻撃に臆せず、一体ずつ倒しきることができた。

サリーとリリアは直接騎士たちに攻撃することはなかったが、メルディの死角をカバーして騎士の攻撃を逸らすなど、メルディのサポートに徹した。

三人の支援を受けたメルディは火、水、風、土、雷という五属性の騎士たちを、ほとんどひとりで倒したのだ。

メルディは床に倒れ込み、天井を眺めていた。

体力はセイラによって回復されているが、限界まで集中力を高めてハルトの騎士たちと戦い続けたので、精神的疲労で立ち上がれなかった。それでも——

「やったにゃ……。ウチ、五属性のバケモノを、倒したにゃ」

メルディが右手を上に掲げて、その手を握りしめる。その顔には喜色が溢れていた。自分が成長していることを感じていたのだ。

『メルディ、お疲れ様。よく頑張ったね』

「ハルト。ウチ、疲れたにゃ」

メルディが右手につけたブレスレットから、ハルトの声が聞こえた。

彼は仲間に厳しい訓練を課すが、なにかを成し遂げた時には相応のご褒美をくれる。メルディはそれを期待していた。そしてハルトは、彼女の期待に応えてくれた。

『ご褒美、なにがいい？　またマッサージしてあげようか？』

「にゃ!?」

ハルトの言うマッサージとは、手のひらのマッサージのことだろう。初めてやった時は、ハルトがメルディの肉球を触りたくてやっただけだったのだが、手のひらが敏感なメルディはそれで気持ちよくなってしまった。

そのハルトにしてもらった手のひらマッサージが忘れられなくて、自分でやってみたが大して気持ちよくなかった。ルナにお願いしてマッサージをやってもらったこともある。自分でやるより格段に気持ちよかった。それでもハルトにしてもらったのと比べると、なにかが足りなかった。

ハルトにまたマッサージしてほしい。

メルディはずっと、そう思っていた。

しかし獣人族の女が異性に対して手のひらを差し出すというのは、服従の証となる。たとえ夫婦の間柄であっても滅多にすることのない行為なのだ。メルディはハルトを強者として認めているので、手を差し出せと言われればそれを拒むことはない。

でも自分から手を差し出すのは種族の本能が拒絶してしまい、どうしてもできなかった。

『マッサージ以外でもいいよ』

「手のひらマッサージ、お願いするにゃ！」

獣人族の本能を、気持ちよくなりたいという彼女の意志が凌駕した。

『了解！　ご褒美は屋敷に戻ってからね。ちなみに十二層目もチャレンジしてみる？』

「い、いや。今日はやめとくにゃ」

「えぇ。この先に進むのは、ちょっと怖いです」

「私もギブアップですにゃ」

「同じくです」

セイラとサリー、リリアも先に進む気はないようだ。

『わかった。みんなお疲れ様。今からこっちに転移させるね』

ハルトの言葉が響いた直後、四人はダンジョンのマスタールームへと転移させられた。


「あと二組くらいダンジョンにチャレンジしてほしいんだけど、誰か行きたい人はいない？」

メルディたちを労ったあと、ハルトが次なる挑戦者を募集した。

しかし誰も手をあげようとはしない。当然だ。

メルディが魔物に囲まれ、追い込まれる姿を全員がモニター越しに見ていたのだから。こうなることをハルトは予想していた。

「挑戦者いない？　ひとフロアクリアできたら、俺がなにかご褒美をあげる」

ハルトが妻を餌で釣ろうとする。それは彼の妻たちにとって、とても魅力的な提案だった。

もしメルディが苦戦する姿を見ていなければ、瞬時に手をあげる者がいたはずだ。

しかしデメリットが大きすぎた。誰も手をあげようとは――

「あ、あの……。私やってみたいです」

「えっ!?」

なんとルナが手をあげたのだ。

これには言い出したハルトも驚いた。

「フロアをクリアしたら、ご褒美をいただけるのですよね？」

「う、うん。そうだけど……。ルナ、本気でやるつもり？」

「はい。ちょっと秘策がありまして」

そう言ってルナがハルトを手招きし、近寄ってきた彼になにかを耳打ちした。

「おぉ、なるほど！　確かにその戦い方はルナっぽいね。いけそうじゃん。やってみていいよ」

「ありがとうございます。あの、もし危なくなったら」

「絶対に俺が助けるから安心して」

「ルナ。このダンジョン、マジでやばいにゃ。考え直したほうがいいにゃ」

椅子でぐったりしていたメルディがルナに忠告する。

それでもルナの決意は揺るがなかった。

「ル、ルナ。本気かの？　もし本当に挑戦するなら、我が手伝うのじゃ」

ヨウコがルナと一緒にダンジョンに入ると言うが、ハルトがそれを拒む。

「ルナにはひとりで十六層目に挑戦してもらう」

「ハルト様、それは危険過ぎます！」

「そ、そうじゃ！　十一層目でメルディが苦戦するのじゃ。悪いがルナでは無理じゃ」

「ティナ先生、ヨウコさん。ご心配ありがとうございます。でも、私は大丈夫です」

ルナの顔は自信で満ち溢れていた。

「ルナの作戦を聞いたけど、それならいけるって俺が判断したんだ。とりあえずやってもらおう。ルナ、頑張ってね」

「はい。頑張ります！」

ルナの言葉を聞いたハルトが、彼女を転移させてしまった。

「ほ、本当にひとりで……」

モニターに映し出されたルナを見ながら、ティナが不安そうな表情をしている。

ルナが送られたのは十六層目。そこにいる魔物は——

「お、おい！　アレってインフェルノウルフじゃないか!?」

たったひとりでフロアに立つルナの周りに集まってきた魔物の正体にエルミアが気づいた。

「狼系最強の危険度Sランク魔物じゃないですか！」

「まずい。ルナ、早くにげるのじゃ！」

「ルナさん逃げて!!」

みんながルナの心配をしていた。

ブレスレットを通して、ルナの声がマスタールームに響く。

『ハルトさん、助けてください！』

ルナがハルトに助けを求めた。

「——えっ？」

「な、なんなの？」

自信満々で出ていったルナが早速助けを求めて来たので、リファや白亜が唖然としていた。

「や、やっぱり無理だったのじゃ！　主様、ルナを早く!!」

ヨウコがルナの救援をハルトに促すが、彼は動こうとはしなかった。

彼はルナが助けを求めたのが、ここにいるハルトではないと知っていたのだ。

ルナが身につけたブレスレットからなにかが飛び出した。

それはハルトだった。

正確には彼の姿をした魔法。

ハルトの分身が五体現れ、ルナを守るように立っていた。

その分身たちに対してルナが補助魔法を使う。

『マクスパワー《攻撃力最大強化》！　マクスマジック《魔法攻撃力最大強化》！　マクスコンセントレイト《集中力最大強化》！　マクススピード《速度最大強化》！

アルティマガード《防御力究極上昇》!!』

五人のハルトに様々な補助魔法が付与された。

ハルト本人は邪神の呪いでステータスが固定されているため、補助魔法の効果を一切受けられない。しかし分身体は魔法だ。そしてルナはレベルが上昇したことで、他人の魔法に対しても補助効果を付与できるようになっていた。

ハルトの分身は本体のように無限の魔力を持っているわけではないが、魔衣を纏っての戦闘もできる。だから戦闘力でいえば本体にも劣らない。

そんな最強賢者の分身が、ルナによって攻撃力や防御力、攻撃速度を数倍に高められた。物理攻撃を主とする戦闘力でいえば、ハルトを上回る五人のバケモノがルナを守っていた。

再びルナの声がブレスレットを通して聞こえてくる。

『ひとりは私を守ってください。残りのハルトさんで、このフロアの魔物を殲滅してくださいお願いできますか？』

『おっけー！　俺がルナを守るよ』

『わかった。俺は魔物を狩ろう』

『同じく。右回りでフロアを蹂躙してくる』

『俺は左周りでいく』

『よし、それじゃ――』

『『『『殺《や》りますか！』』』』

四人のバケモノが、遺跡のダンジョン十六層目に解き放たれた。


――＊＊＊――


……おや。もう誰か来たのか？

思っていたより早かったな。

我が主に『誰か来たら、全力でその相手をしろ』と命じられ、ここに配置されてまだ半日しかたっていない。しかし我が主の命令は絶対だ。

ここに来る者がいれば、俺はそいつを全力で倒す。


俺の名はフェル。

炎獄の炎を操る、最強の魔狼——インフェルノウルフ。

その一族のボスだ。

中位の魔族すら倒せる俺にとって、ヒトなど敵ではない。

我が主を除いて。

俺は昨日、人族の男にテイムされた。

その男こそ我が主。至高の存在だ。


——＊＊＊——


昨晩、何者かが俺の縄張りに入ってきた。

インフェルノウルフの縄張りを侵そうとする愚かな者など、ここ数十年はいなかったのだ。

だから少し、そいつで遊ぼうとした。

配下に奴を包囲させ、じわじわと追い詰めていく。

追いつめるつもりだった。

しかし『アレ』は、まるでグレイウルフ《下位の魔物》でも倒すような勢いで、俺の配下を屠っていった。

俺たちインフェルノウルフは魔界にある炎獄という場所から、触れるモノを燃やし尽くすまで消えることのない炎を召喚できる。この炎に耐えられるのは炎系最上位の魔物である赤竜か、悪魔くらいのものだと思っていた。

アレは俺や配下たちが吐き出した炎獄の炎に触れても平然としていたのだ。

それだけじゃない。

奴は地上最速の魔物である俺たちの攻撃を、いとも容易く避けた。

信じられなかった。

三十二体いた俺の配下たちは、ものの数分で屍と化した。

配下を倒され、怒りが込み上げてくると同時に、俺は奴の動きに感心していた。全ての動作に無駄がなく、流れるような動きだった。

アレが腕を振るえば配下一体の首が飛んだ。

俺たちの攻撃を一歩前に進むだけでギリギリ躱すと、死角から攻めさせたはずの俺の配下の胴を手刀で真っ二つに斬り裂いた。

まるであの場が全て支配されていたように、俺たちの攻撃は一切通じなかった。

アレが俺たちに攻撃した回数は三十三。

その場にいたインフェルノウルフの総数と同数。

俺の配下を全て一撃の下に沈めていったのだ。

全く歯が立たなかった。

手刀の一振。

それで俺は、アレに殺された。


しかし俺と、俺の配下たちは蘇生された。

蘇生してくださったのは我が主だ。

俺が復活し、最初に見たもの。

それは俺を殺したアレと並んで立つ我が主の姿だった。

同じ姿形のヒトが俺の前にふたりいた。

いや、片方はヒトではない。

俺を殺したアレだ。

そいつは、我が主の魔法だった。

改めてアレの魔力を近くで感じると、とてつもない魔力の塊であることがわかった。どう足掻いても勝てるわけがない。

アレを生み出した我が主に対して、俺は即座に忠誠を誓った。

そして我が主のテイムを受け入れた。

実は受け入れたというより、強制的にテイムされたのだが……。

まぁ、それはいい。
さっそく我が主の命を果たす機会が来たのだ。
全力で相手をしてやろう。
そして俺が有能であることを我が主に見せつけるのだ。
先ずは配下に探りをいれさせる。
俺はこのフロアのボスだ。
このボス部屋から出るわけにはいかない。
『ボス、人族のメスがいます。ひとりです』
配下から念話が飛んできた。
人族のメスがひとり？　本当か？
『どうします？　襲いますか？　愛《め》でますか？』
少し悩む。
我が主の命令は、ここに来た者を全力で倒せというものだった。
しかし配下からの報告では、俺たちが全力で相手をするような敵ではないと思われる。
悩んだうえで——
「殺《や》れ」
配下に命令を出した。
どんな敵であろうと、我が主の命令は絶対だ。

『わかりまし――っ!?　あ、アレは!!』
『えっ、まじ？』
『いやいやいや、無理むり、それは無理だって！』
突然、配下たちの念話が混乱し始めた。
「お、おい、どうし――」
『ぎゃぁぁぁぁあ』
『う、うそだろぉぉ？』
『――いぎっ!?』
一瞬にして人族のメスのそばにいた配下たちの念話が途絶えた。
状況がわからない。
「おい、手の空いているものはいるか？」
他の場所にいる配下を偵察に向かわせようとしたのだが――
『えっ、あれは――っぐう!?』
『な、なんで貴方が』
『ちょ、ま――』
『うぎゃぁぁぁあああ！』
フロアの至るところから配下たちの悲鳴が聞こえてきた。
い、いったい、どうなっている!?

少しして、配下の悲鳴は聞こえなくなった。

恐らくだが、全滅したのだろう。

信じられない。

報告のあった人族のメスに、そこまでの力があったというのか？

俺の配下も当然みなインフェルノウルフであり、最強の魔狼なのだ。

それなりに敵の力を読む能力がある。

しかし配下の報告では人族のメスと言うだけで、大して強そうだなどという意見はなかった。

俺の配下がそう感じたと言うのであれば、実際にそのメスには大した力はないはずだ。

わけがわからない。

外の様子が気になり、ボス部屋から出ようかと考えていた時、この部屋の扉が開いた。

……あ、あれ？

なんでお前がここにいるのだ？

ボス部屋に入ってきたのは、我が主の分身魔法だった。

しかもそいつが纏うオーラは、昨晩俺を倒した時のものと比べ物にならないほど膨れ上がっていた。そんな奴の背後から、もう三体のバケモノが追加で現れた。計四体の絶望《バケモノ》が俺の前に立っている。

そして最初に入ってきた分身魔法が俺に向かって放った言葉は——

「悪いけど、ルナの経験値になってくれ」

俺への処刑宣告だった。


――＊＊＊――


「ルナ、お疲れ様」

「ただいまです。ハルトさん」

ルナが強化した俺の分身が十六層目の魔物を一掃し終えた。ミッションクリアということで、彼女をマスタールームへと転移させる。

「本当にクリアできたね。おめでとう。ご褒美はなにがいい？」

「アレでご褒美がもらえるのか!?　そ、それはズルいのじゃ！」

ヨウコが声を荒らげる。

ほとんどルナが戦っていないので、文句を言いたくなるのも無理はない。

「ルナさん。ご褒美、羨ましいです」

「ハルト様。メルディさんの時とは難易度が全く違う気がします」

「わ、私もそう思います！」

ティナやリファも不満があるようだ。

「それだったら、ボスを倒したのはメルディさんですけど……。わたしも頑張ったので……。

その、ご褒美がほしいです」

「ご、ご褒美ってなんですかにゃ!?　ハルト様がなにかしてくださるのかにゃ？　だ、だったら私も、ご褒美がほしいですにゃ！」

「わ、私も!!」

メルディにはご褒美をあげると言っていたが、その他の三人についてはなにも言及していなかった。三人ともご褒美がほしいみたいだ。

「ハルトさん。私はその……。大してなにもしていないので、ご褒美なくても大丈夫です」

ルナがご褒美を辞退すると言ってきた。

その表情はすごく暗かった。

確かにメルディと比べると、ルナは戦闘で苦労していない。それで俺からご褒美をもらってしまうと、他の妻たちとの関係が悪くなると思ってるんじゃないだろうか。

ご褒美が欲しくないわけじゃないと思う。

念のため、読心術で聞いておく。

(本当はご褒美が欲しいです。いつもより、ちょっと長めのキスがいいです――って、ダメですよね。ここで私が褒美もらってしまったら、ハルトさんがヨウコさんたちに怒られちゃいそうですし……)

あ、俺の心配をしてくれてるんだ。ちょっと嬉しい。

やっぱりルナは良い子だな。

なおさらルナにご褒美をあげたくなる。

長めのキスね。わかった。

屋敷に帰ったらしてあげるね。

「今回ダンジョンに挑戦してくれた全員に、参加賞としてなにかしらのご褒美をあげるつもりだったんだ。もちろん、俺が設定した課題をクリアできたら、ご褒美のランクは上げる」

俺はダンジョンの各層にそれぞれテーマを設定していた。

メルディもルナも、それをクリアしていた。

「インフェルノウルフは、レベル100ちょっとのルナからしたらかなり脅威だったと思う。アイツはデフォルトで周囲を威圧するスキルが発動してるから、並の精神力だと囲まれた時点で声を出すのも困難になるらしいね」

「むぅ。それは、そうなのじゃが……」

ヨウコは俺が言わんとすることを理解してくれたらしい。

「ルナはちゃんと自分で俺の分身を呼び出したし、それの強化もしてた。俺はルナが彼女なりに頑張ったって思うから、ご褒美をあげたいと思う」

「それはハルトさんが絶対に助けてくれるって約束してくださったから……。だから私、頑張れました」

小声でルナが呟いた。

「もちろんセイラとサリー、リリアにもご褒美をあげるよ」

「「――――！！！」」

「そ、そんな……。だったら我も挑戦したかったのじゃ」

「私もなのー」

「おっ！　ヨウコと白亜。俺のダンジョンに挑戦したい？」

俺は最後にもうひとつ、状態を見ておきたいフロアがあった。

ヨウコと白亜がご褒美をほしそうにしているのでちょうどいい。

「ふたりで最終層のボスに挑んでほしいんだけど、やってみない？　挑戦してくれたら、ご褒美あげるからさ」

「えっ、いいの!?」

「我と白亜で良いのか？　その、自分で言うのもなんじゃが……。我らは強いぞ？」

「うん、知ってるよ。もしふたりが簡単にボスを倒しちゃっても、ちゃんとご褒美あげるから安心して」

「わかった。主様、約束じゃぞ？」

「ヨウコ、がんばろーね！」

「うむ。サクッと倒して、ご褒美をもらうのじゃ！」

さて、そんなに簡単にいくかな？

俺が用意したラスボス、なかなか強いぞ。

まぁ、初めてヨウコと白亜の本気が見られるかもしれないから、ちょっと楽しみだ。

俺はヨウコと白亜をダンジョンの二十層目に転移させた。

――＊＊＊――


「ここは……」

「ひろーいの」

二十層目にはボス以外の魔物――いわゆる雑魚モンスターは湧かない。

そして迷路を構成する壁も、部屋も、宝箱などもない。

ただ広い空間があるだけ。

ここはハルトがダンジョン内で一番広く作った場所。

最終層のボスが、全力で戦えるように。

「旦那様のダンジョン。その最終層であるここまで、ようこそおいでくださいました」

白装束を身に纏い、細い角を側頭部に生やした華奢な女が、ヨウコと白亜の前に現れた。

「お主がここのボスかの？」

「おねーさん、ひとりなの？」

「えぇ。私はここを守れと、旦那様から言いつけられております」

女が恭しく頭を下げた。

「貴様が旦那というのは、ハルトという男のことではあるまいな？」

ハルトのことを勝手に旦那と呼ぶ女にキレたヨウコが、その女に向かって強い殺気を飛ばす。

「はい。私が言う旦那様とはハルト様のことで間違いありません……。嗚呼！　卑しき私が、かの御方のお名前をお呼びするなど、恐れ多いことを――」

そう言いながら女は頬を赤く染めた。

A級冒険者ですら身動きが取れなくなり、場合によっては気絶してしまうほどの殺気をその身に受けたのにもかかわらず、女は全く動じていなかった。平然と受け答えする女に、ヨウコは疑問を抱いた。

「お主、何者じゃ？」

「申し遅れました。私はシトリー。旦那様にテイムされた元魔王でございます」

08

魔王シトリー

LEVEL 1 NO SAIKYO KENJYA

私はシトリー。邪神様直轄の上位悪魔です。

序列は第十二位。聖都サンクタムに潜入していた序列十一位のグシオンとほぼ同等の力がありました。序列は十二位なのですが、現存する悪魔の中では私が最強です。

だって私は、次の魔王となるはずの悪魔だったのですから。

次代の魔王となるべく私は邪神様から強力な加護を頂いたため、今ではグシオンより格段に強くなっていました。もちろん、彼以外の悪魔たちよりも。

私は既に歴代の魔王と同等の力がありましたが、まだ魔王としてヒトの世界に君臨することはありませんでした。

その理由は邪神様に止められていたからです。

邪神様のもとには負のエネルギーのストックがまだ多くあったようで、私を急いで魔王にする必要がないとのことでした。

ですから、私は待ちました。

魔王ベレトが勇者に倒され、およそ百年。

ついに出番がきたそうです。

いよいよ私の魔王デビューです！

——と、思っていたのですが、またストップをかけられました。

どうやら邪神様は勇者の存在を気になさっているご様子。

魔王ベレトは序列十三位の悪魔でした。私よりひとつ下の序列とはいえ、私とそこまで力の差はありません。そんなベレトが私と同じように邪神様から加護を頂いたにもかかわらず、創造神がこの世界に転移させた勇者によって瞬殺されたのです。

　勇者ってやつは存在自体がチートです。

　奴らはこの世界にやってきた時から高位の魔物を易々と倒す力を持ち、さらにレベルが上がる速度がとても早いのです。あっという間に我ら悪魔を屠る力を身につけてしまいます。

　これまでこの世界に魔王が君臨したら数年、長くとも十年以内には必ず勇者がやってきました。勇者がこの世界にやってきた瞬間、魔王の敗北は決定します。

　では、どうするか？

　勇者に倒されるまでの数年の間に、魔王は必死になって世界を恐怖に陥れ、負のエネルギーを掻き集めるのです。

　全ては邪神様のため。

　魔王となった悪魔は勇者に倒されますが、その倒されるまでに集めた負のエネルギーは邪神様の存在を維持するための糧となり、さらに次の魔王を用意するための源《みなもと》となります。

　ただ、邪神様は我ら悪魔が倒されることを前提としているわけではありません。毎回工夫を凝らし、対勇者のための戦略を我ら魔王に授けてくださいます。

　しかし勇者はチートです。

　こちらがどんな手を使おうが、その全てを圧倒的なステータスや、意味のわからないスキルで吹き飛ばしてしまうのです。魔王となる可能性のある悪魔たちはみな、それを理解していました。諦めていました。

勇者には勝てない——と。

それでも魔王は、我らを想って苦心してくださる邪神様のために精一杯、力の限り、知略の限りを尽くしてヒトの世に恐怖と絶望を蔓延させるのです。

魔王ベレトは『数』で勝負しました。

数多の魔物を生み出し、それを世界中に拡散させたのです。一体一体は弱いものの、その数は圧巻でした。なかなか良い考えだったと思います。いくら勇者が強いとはいえ、ひとりでは世界各地で起きるスタンピードを同時に止められませんから。

しかしベレトは勇者に倒されました。

世界中に魔物を送り込むため、彼の周りにはあまり強い配下を置いておくことができなかったというのも大きいでしょう。彼も覚悟をしていました。

それより問題だったのは、世界中に送り込んだ魔物たちのほとんどが勇者ではない勇者に倒されてしまったことです。

ベレトの時には勇者がふたりもやってきたのです。

これまでこの世界にやってくる勇者は常にひとりでした。

勇者に付随してやってくる聖騎士や聖女もかなり目障りな存在なのですが、勇者がふたりも来たというのは少なくとも私が知る限り初めてのことです。

本来の勇者の力は圧倒的でした。

レベルが上がる速度が早かったことから、そちらが正規の勇者で間違いないでしょう。

ベレトの計画を潰したのは、守護の勇者と呼ばれていた男です。

こちらは強くなる速度が通常の勇者より遅かったことから、イレギュラーでこちらの世界にやって来た勇者なのではないかと私は考えていました。

守護の勇者は世界を高速で飛び回り、スタンピードを止め続けました。彼と一緒にいたハーフエルフの女、ティナ＝ハリベルも厄介でした。

勇者の血を引くティナも、普通ではありえないほどの力を有していましたから。

結果、なんとか次代の魔王――つまり私を魔王にするためのエネルギーは溜まったものの、邪神様に余裕はなさそうでした。

そんな邪神様が新たに考案されたこと。

それは邪神様が勇者を転生させてしまうというものでした。

最初は意味が分からなかった私も、邪神様に説明を受けて納得しました。

私が魔王として君臨するより先に異世界人を勇者として転生させ、その魂に呪いをかけてしまうといいます。

素晴らしいアイデアだと思いました。

魂に呪いがかけられていれば、それがどんな呪いであれ、真っ当に強くなれるはずがないですから。しかもこの世界最強の悪意の化身である邪神様の呪いなのです。きっと、とてつもない呪いだったのでしょう。

恐らくその勇者として転生させられた者はもう死んでいます。邪神様の呪いを受けているのですから、当然のことでしょう。

邪神様は勇者の転生と呪いにお力をかなり消費されたようで、今はお休みになられています。邪神様が目覚められたら、私は魔王としてこの世界に君臨し、恐怖と絶望を広めてやるつもりでした。

しばらくの間、勇者がこの世界に来ることはないでしょう。

邪神様が『神界のエネルギーをかなり消費してやった』と仰っていましたから。少なくとも百年は私の天下です！

ワクワクしました。

勇者を転移させられず、愛すべきこの世界を私に蹂躙され、悔しがる創造神の顔が脳裏に浮かびます。

ようやく邪神様のお力になれる。

――そう思っていました。

あのバケモノたちが、私の前に現れるまでは。

――＊＊＊――

私はたまに人間界に来ては、いずれ魔王となった日のための準備を進めていました。その日は魔王軍に引き入れる予定だったオーガ族と交渉をしていたのです。

「――では、この一族から十体のオーガを魔王軍に取り入れて良いのですね？」

「はい。数は多くご提供できませんが、みな強靭な肉体を持つ者たちです。きっとシトリー様のお役に立ちます」

「十体で十分です。先程ひとり見せてもらいましたが、かなり鍛えられていました。邪神様のため、素晴らしい働きをしてくれることでしょう」

「もったいないお言葉」

「ところで、族長」

「はい。なんでしょうか？」

「貴方、強いですね。どうです、魔王軍の幹部になる気はないですか？」

「ははは。シトリー様、お戯れを。こんな老いぼれに、なにができましょうか。どうか一族の力のある若者で御容赦ください」

「むぅ。まだ私は、貴方を仕えさせるに値しない、ということですか」

「い、いえ！　そのようなことは――」

「わかりました。貴方が幹部になりたくなるような魔王軍を作り上げてみせます！　なにせ私には、時間がありますから」

この時の私は魔王でいられる期間が最低百年はあるものと思っていました。

「歴代最強の魔王軍を作り上げた暁には、貴方のために幹部の椅子を用意します。その時は、私の誘いを断らないでくださいね？」

私は真っ直ぐ彼の目を見ました。

族長は私が本気だと信じてくれたようです。

「……畏まりました。そこまで仰っていただけるのでしたら、魔王軍幹部の末席にお加えください。共に歴代最強の魔王軍を作り上げましょうぞ」

「――っ!!　あ、ありがとうございます！」

この時、私は浮かれていました。

過去に三度勇者と戦い、それらを撃退して生き延びた伝説のオーガを魔王軍の幹部にできる目処が立ったのですから。

「それではまず、シトリー様の配下に加えていただく十人の若者を紹介しましょう」

「よろしくお願いします」

オーガの族長と、彼の住処を出たところに――

そいつが立っていました。

「おっ！　強そーなオーガ発見!!　見た目よし！　十八層目のフロアボスにちょうどいいね」

それはヒトの形をした、なにかでした。ヒトではありません。絶対に違います。それは膨大な魔力の塊。それがまるでヒトのように動いて、珍しいおもちゃを見つけてはしゃいでいる子供のような明るい声で喋っていました。

「貴方は、何者ですか？」

「シトリー様、お下がりください。こやつは、強い」

オーガの族長が私を庇うように前に出てきました。

彼が纏うオーラは、私と交渉していた先程までとは全く違うものでした。

伝説のオーガが本気で警戒していたのです。

私たちの目の前にいたそいつが、それほどまでに異質であったということ。

「貴様、どうやってここまで来た？　見張りのオーガがいたはずだ」

「見張り？　ここに来るまでにいたのは全部倒したよ」

「なっ!?」

「……そうか」

信じられませんでした。

戦闘の気配など微塵も感じなかったからです。

しかし周囲の魔力を探索してみると、動いているオーガは一体もいませんでした。そいつが言う全部とは見張りのオーガだけでなく、この里にいた百体あまりのオーガ全て、ということでした。族長もそれに気づいたようです。

「シトリー様、お逃げください」

「えっ」

族長がそいつから視線を外さず、小声で私に逃げろと言ってきました。

「アイツは我々に戦闘の気配を一切感じさせることもせず我が一族を屠ったのです。これがどういうことか、おわかりですね？」

族長の声は本気のようでした。

「恐らく私も勝てません。しかし、シトリー様を逃がす時間くらいは、稼いでみせます！」

その言葉と同時に、族長がヒトの形をしたそいつに飛びかかりました。

踏み込んだ地面が大きく陥没していたことから、族長の突進の速度がとんでもなく速かったことが窺えます。

それなのに——

「うひぃ、はぇぇ！　こんな強い奴いるなら、ちゃんとした武器持ってくるべきだったな」

そいつは族長の突進を、二メートルほどの黒く細長い棒切れで平然と受け止めたのです。

「シトリー様！　今のうちに!!」

族長の言葉で、はっと我に返りました。

魔界に帰還しようとしたのですが——

「う、うそ……。転移門が」

「シトリー様、早く!!」

ヒト型の魔力の塊と激しく殴りあっている族長から、焦りがひしひしと伝わってくる声で急かされました。

でも私は、魔界に帰れませんでした。

「て、転移門が開かないんです！」

「なっ!?」

魔界に帰るための転移門が、何度やっても開かなかったのです。

「ダメだよ。逃がすわけないじゃん」

「「――っ!?」」

バケモノがもう一体現れました。

族長と戦っている人型のバケモノとは別の個体が私の前に現れたのです。

信じたくありませんが、そいつが私の転移の邪魔をしていたようです。

「つくそがぁ！」

「うぉっ!?」

族長が右手を肥大化させ、戦っていた人型をそれで殴って吹き飛ばし遠ざけると、私の身体を抱えてその場から離脱しました。

私の目の前にいた人型は戦闘する気ではなかったようです。族長の行動に驚いたようで動きが鈍く、なんとか逃げ出すことができました。

オーガの族長は私を抱き抱えた状態で森の中を疾走していました。

「シトリー様、ここから先は飛んでお逃げください！　恐らく奴らは、ありえないほど高密度の魔力で転移の邪魔をしているのです。奴らから離れれば、転移で魔界に帰還できるはずです」

「う、うん。わかりました！」

族長が私を空に放り出しました。

「族長、貴方も魔界に！」

「私はここで奴らを食い止めます。少しでも時間をかせ——っ!?　シトリー様！　後ろ!!」

「えっ」

族長の声で振り返ると、そこに——

「飛んで逃げるのもダメ」

悪魔がいました。

いえ、悪魔は私なんですけど。

でもそいつを表現するのは、悪魔という名称がピッタリでした。

そいつは手刀で私の翼を斬り落としたのです。

落下する私を族長が受け止めてくれました。

「シトリー様！」

悪魔というのは翼がなくても飛べるのですが、それを出していたほうが速く飛ぶことが可能です。その翼をいきなり斬られたりすると、バランスを崩して墜落してしまうことがあります。

ただ普通は、悪魔の翼を斬ることができる存在なんていません。

「危ないじゃん。転移のマーキング付けてないのに、魔界まで逃げられたら追えないぞ？

せっかく見つけた上物なんだから」

「悪い。あの攻撃は予想できなかった」

「オーガって、手を肥大化させられるんだな」

バケモノが三体に増えました。

族長と戦っていた奴。私の転移を邪魔した奴。そして私の翼を斬り落とした奴です。

「手だけじゃなくて、身体全身を大きくできるぞ」

「そーそー。巨人族みたいになれる奴もいるらしい」

「……えっ」

森の奥から絶望が歩いてきました。

バケモノが二体追加されたのです。

合計五体のバケモノが、私とオーガの族長を取り囲んでいます。

おそらく魔王としての力を解放すれば、二体なら倒せます。

でも……。五体は無理ですよ。

「ってかさ、なんで俺たちって知識レベルに差があるの？」

「さぁ？　戦闘用に作られたから、その辺はテキトーなんじゃない」

「ふーん。完全コピーじゃないんだな」

「そのほうが個性が出て、色んな状況に対応できるようになるかも――って、本体が言ってた」

「「へぇ、そうなんだ」」

五体のバケモノは私と族長を囲んだまま会話を始めました。

奴らの意識が私たちから逸れているような気がします。

今ならバケモノの一体を倒して逃げられる。そう思ったのですが——

「まだ、早いです」

私が力を解放しようとしたことに気づいた族長に止められました。

確かに、私は焦っていました。

この人型のバケモノたちは私の本当の力をまだ知りません。

逃げ出すチャンスはきっと来るはず。

——これが判断ミスでした。

実はこの時が、本当に最後のチャンスだったのです。

「このふたり。俺たちじゃテイム無理だよね？」

「うん、強すぎる」

「特におねーさんのほうね」

「オーガの姫かと思ったけど、もっと強いね」

「魔族クラス？」

「いや、魔人級じゃない？」

「とりあえず、本体を呼ぼーぜ」

「「「おっけー！」」」

――＊＊＊――


俺はおよそ千年の刻を生きたオーガだ。

昔、勇者を撃退したことがある。

それも三度。俺の武勇伝だった。

まずは一度目。九百年ほど前のことだ。

百年の時をかけて鍛え上げたこの肉体は勇者の剣を通さず、賢者の魔法を弾いた。その勇者は俺との戦いから逃げ出した後、俺と再戦することなく、当時の魔王様を倒した。勇者は俺との戦いを避けたのだ。

そして二度目、三度目は同じ勇者と戦った。

今から三百年ほど前のこと。二度目のとき、俺は確かに勇者に止めを刺した。しかし奴は復活して、再び俺の前に目の前に現れたのだ。

三度目の戦いは熾烈を極めた。

その勇者は、信じられぬほど強くなっていた。しかし、それでも俺が勝った。俺の七百年に及ぶ武の研鑽が、たまたま神から力を与えられた程度の存在に屈してなるものか！

そして俺が倒したはずの勇者が、当時の魔王様を殺した。その勇者は神から与えられたスキルで何度でも復活できたという噂を耳にした。

再び俺は、勇者に戦いを避けられたのだ。

俺は魔王様より強いなどと思い上がったりはしない。

もし勇者たちが魔王様に挑む頃の力を得たうえで俺のところに来ていたら、俺は負けていただろう。しかし魔王様を倒すほどの力を得た勇者が、俺との戦いを避けたいと考えたのだ。

魔王様をお守りできなかったことは悔しいが、勇者に戦いを放棄させたという点において俺は、世界中の魔物や魔族から一目置かれていた。

そして今日、魔王様からお声がかかった。

魔王シトリー様だ。

シトリー様は我が一族から何人か魔王軍に加えたいと仰った。

俺ほどの強者はまだいないが、幼少の頃から俺が鍛えた精鋭たちが揃っていた。自信をもってそいつらを送り出すことにした。必ずやシトリー様、そして邪神様のお役に立てるはず。

その後、シトリー様が俺を魔王軍の幹部にお誘いくださった。

嬉しかった。

かつて魔王様をお守りできなかった俺に声をかけてくださったのだから。

しかし、いきなり『はい、喜んで!』というのは、勇者を三度も撃退した俺のプライドが許さず、少し謙遜してしまった。するとシトリー様は歴代最強の魔王軍を作り上げ、その幹部の席のひとつを俺のために用意してくださると仰ったのだ。

涙が出そうになった。

この御方に命を預けて尽くそうと思った。

そしてその誓いは、直ぐに実行されることになる。


シトリー様に里の若者を紹介しようと外に出たところにそいつがいた。

なんでこんな奴の接近に気づけなかったかと思うほどの膨大な魔力を秘めたバケモノだった。

そいつは我が一族全員を屠ったという。

見張りの戦士も、我が息子たちも。

その全ての気配が消えていた。

奴の言うことは真実なのだろう。

憎悪で襲い掛かりそうになるが、視界の端にシトリー様を捉え、俺は冷静になれた。

このバケモノからシトリー様を守らなくてはいけない!!

俺はそいつに殴りかかった。

三百年前に勇者を撃退した以降も、俺は鍛錬を欠かさなかった。

全ては今日、シトリー様をお守りするためだったのかもしれない。

そのバケモノは俺の全力の一撃を容易く受け止めた。

奴と殴り合いを始めて理解した。

いくら強靭な肉体を持つオーガの一族であっても、俺でなければ一合切り結ぶこともできず、こいつに殺されるという事実を。

それほどまでに、奴はバケモノだった。

奴の剣技は、千年研鑽した俺からしたらカスみたいなもんだ。

しかしその剣技には、まるで万を超す魔物を屠ったような感覚が染み付いていた。攻撃してきた魔物の力を利用し、効率よく魔物を殺すための剣技。

見た目は成人もしていない人族に見えるこいつが、いったいどうやってこの剣技を身に付けたのか知りたくなる。

その剣技に加えて、奴が持つ漆黒の棒切れ。

これが厄介だった。

オリハルコン製の俺の愛刀が、たった一合でその棒切れに破壊されたのだ。その刀は昔、俺に襲いかかってきた冒険者を返り討ちにした際に手に入れたもの。

数百年、刃こぼれすることもなく俺の力にも耐えていた愛刀が、いとも簡単に砕け散った。

しかし俺が全力で身を固めればオリハルコン以上の硬度が出せる。

柄だけになった愛刀をかなぐり捨て、拳に力を込めて奴に殴りかかる。

そのバケモノは、ミスリル塊すら砕く俺の拳を、漆黒の棒切れで防ぎ続けた。たまに棒切れで殴られたが、それがとても痛かった。多分、俺じゃなきゃ一発で死ぬ。

俺が必死に戦闘をしているのに、シトリー様はまだ逃げようとしていなかった。――否、逃げられなかったのだ。

シトリー様が魔界へ転移するのを妨害する奴がいた。

バケモノが二体に増えた。


なんとか隙を作って、バケモノたちから逃げ出した。シトリー様を強引に抱き抱えたけど、緊急事態なんだから許してほしい。

柔らかいものが手に当たっていたけど、今更欲情なんてしない。だいたい年齢はシトリー様のほうが上かもしれないが、俺からしたら彼女は孫のような感じなんだ。

おじいちゃん、絶対にシトリーを守るからな！


そして奴らの気配からかなり離れたところで、彼女を空に放った。

悪魔であるシトリー様なら逃げ切れる。

——という俺の判断は甘かった。

滞空していたシトリー様の背後に、もう一体のバケモノが現れたのだ。

翼を斬られて落下してきた彼女を慌てて受け止めた。

そして今、俺とシトリー様は五体のバケモノに囲まれている。

全力の俺以上の力を持つバケモノが五体。

もう終わったと思った。

バケモノたちは、俺とシトリー様を囲んで会話を始めた。

その時、シトリー様の魔力が膨れ上がるのを感じた。

そうだ。シトリー様はまだ実力を見せていない！

俺は慌ててシトリー様を止めた。本気になった彼女なら、このバケモノが二体以下であれば倒して逃げられるはず。

今は耐えるべきだ。

そう判断した。

俺はこの時、シトリー様を止めたことを死ぬほど後悔することになる。


「おつかれー。分身五体でもテイムできない魔物がいたの？」

バケモノたちの親玉が現れた。

突如現れた六体目のバケモノ。

いや、そいつは――そいつだけは、バケモノなんかじゃなかった。

姿かたちは、完全に他の五体と同じ。しかし奴が内包する魔力量はゴミ同然だった。

それなのに――

「あ、本体さん、おつかれっす」

「待ってたよー」

「こいつら以外は予定通り、アレしといたっす」

なぜか五体のバケモノたちが、新たに現れた奴に対して腰が低いのだ。

い、意味がわからない。

だが、チャンスかもしれない。

一縷《いちる》の望みにかけてみよう。

シトリー様を、お救いするために。

「貴殿に、相談したいことがある」

「ん、なに？」

俺が六人目の男に話しかけると、そいつは俺の言葉に反応した。

「先程、俺をテイムしたいとそいつらが言っていた。確かに魔力で干渉されたが、俺はそいつら程度の力では絶対にテイムされない」

「ふむふむ、で？」

「お前は、そいつらの親玉なのだろう？　俺と戦わないか？　もし、お前が俺に負けを認めさせれば、テイムを受け入れてやる」

「……俺が負けたら？」

「その場合でも、俺はテイムを受け入れてやる。代わりに、この御方を逃がしてほしい」

「ぞ、族長、なにを言っているのですか!?」

シトリー様が騒ごうとするが、俺はそれを視線で制した。

「なんで俺に勝てても、テイムを受け入れるの？　俺に勝てたなら、その子と一緒に逃げればいいじゃん」

「……お前を倒しても、残る五体のバケモノに勝てると思い上がるほど、俺は敵の力がわからぬ愚者ではないつもりだ」

「なるほど。俺ひとりになら勝てると」

「可能性はあると思っている。少なくともお前たちが俺をテイムしたいのであれば、お前が俺と戦うしかない。俺の提案を受け入れないのであれば、俺は死んでもテイムを受け入れない」

さぁ、どうだ？

「おっけー、いいよ。戦おう」

「――っ!!」

望みが、繋がった。

「か、かたじけない。俺の提案を受け入れてくれたこと、感謝する」

「だって俺が貴方に負けを認めさせられなくても、貴方は俺の仲間になってくれるんでしょ？そこの美人さんも強そうだけど、フロアボスとしては貴方みたいな、いかにもって感じの魔物が欲しかったからね」
フ、フロアボス？
いったい彼がなにを言っているのか意味がわからない。

しかしシトリー様を逃がすチャンスを手に入れたのだ。そんなことはどうでもよかった。

立ち上がって、六人目の男と向き合う。

「ちなみに俺が負けても、その子を逃がさないかもって心配はしないの？」

「そればかりはお前を信じるほかない。それに……。こんなことを人族に言うのは初めてだが、お前からは武人の気配がする。約束を反故《ほご》にするような男ではないはずだ」

あまり強そうには思えないが、コイツを前にすると、なぜか嘘をつくのが得策ではない気がした。だから本心を打ち明ける。

「わかった、ありがと。それじゃ、約束だ。貴方が負けを認めない限り、俺たちはあの子に手を出さない。お前たちも、それを守ってくれ」

「おっけー」

「りょーかい！」

「本体、がんばれー」

「そいつ、ほんとに強いから気をつけて」

「腕、巨大化してくるからね」

五体のバケモノが俺とシトリー様の囲いを解いて一箇所に集まった。

もちろん、逃げようなどとは思わない。

俺はコイツに勝って、シトリー様を逃がすのだ!!

「ちなみに、俺はハルト。ハルト＝エルノールだ」

「……悪いが、俺に名乗る名はない」

人語を話せるとはいえ、俺たち魔物に個体を識別するための名は存在しない。例外は竜族。アレらはヒトの真似をする酔狂な種族だ。

「名前がないのは不便だな。よし、俺が勝ったら貴方に名前をつけて呼ぶけど、いいよね？」

「好きにしろ」

名前などどうでもいい。

コイツに勝って、シトリー様を逃がすこと以外は些細なことだ。

「あ、ちなみに武器は使っていい？」

「もちろん構わぬ」

見たところハルトは素手だった。

俺の皮膚はオリハルコンの刃すら通さぬのだ。どんな武器を使われようが問題はない。

先程、俺と戦ったバケモノが持っていた棒切れでも使うつもりなのだろうか？

アレはなかなか痛かった。しかし耐えられないほどではない。

そんなことを考えていると、ハルトが空間に穴を開けた。
コ、コイツ！　勇者の類いか!?
俺はハルトの行動に見覚えがあった。

かつて戦った勇者がハルトと同じように空間に穴をあけ、そこから様々な武器を取り出して俺に攻撃してきたのだ。

まぁ、その全ての武器が俺に傷ひとつ付けることはなかったが。

だからどんな武器が出てこようと恐れる必要はない。

ハルトが空間から手を引き抜いた。

巨大な、ハルトの身丈ほどある剣が姿を現した。
それを目にした瞬間――
俺の腕が、胴が、脚が、頭が、一切の抵抗を許すことなく粉々に切り刻まれた。
「――がはっ⁉」
膝をついた。
お、おかしい……。
俺の身体は今、バラバラに切り刻まれたはず。
しかし俺の身体は無事だった。
ど、どうなっているんだ⁉
状況を確認しようと視線をあげようとするが――
前を見ることができなかった。
魔物としての本能が、頭を上げるなと言っている。
身体が小刻みに震えている。
これは……。ま、まさか恐怖か？
ば、馬鹿な！
この俺が、あの剣に恐怖しているというのか？
……いや、違う。
剣ではない。

あの大剣を持つハルトに、俺の本能が全力で警鐘を鳴らしていたのだ。
勝てない。
シトリー様のために一矢報いるとか、そんな次元じゃない。
俺が立ち上がった瞬間、先程見せられた幻が現実になる。
一切の抵抗を許されず俺は身体を切り刻まれる。
これは予想とか予感とか、そんな生ぬるいじゃない。
確定した未来だ。
「シ、シトリー様……。申しわけありません」
「族長？　ど、どうしたというのですか!?」
ハルトの前に膝をつく俺をシトリー様が心配してくださる。
人族に頭を下げているというのに、彼女の声には怒りの感情はなかった。
純粋に俺を心配してくださっている。
きっとシトリー様は、俺がこれからする行為を咎めることはないだろう。
それが分かっているから余計に俺を苦しめる。
でも俺は自分の行為を止められない。
「ハルト様。俺の、負けです。テイムを受け入れます」
俺は愚者だった。
目の前に立つハルト様の力を、なにも理解していなかったのだ。

――＊＊＊――


強そうなオーガと戦うことになったんだけど、精霊界から愛剣である覇国を召喚したら、急にそのオーガが負けを認めるって言ってきた。

彼曰く『その剣を持つ貴方様に、俺は絶対勝てません』だと。

やってみなきゃわからないんじゃないかな？

あー。あれかな？

真の実力者は相手の力を見抜く力も優れてるってやつ。

多分だけど彼はギリギリ俺に負ける未来を予測して、それで潔く負けを認めてくれたんだ。

まぁ、戦闘せずに仲間になってくれるなら、それに越したことはない。

テイムしてもいいらしいので、魔法陣を展開して彼をテイムした。ちなみにテイム《使役魔法》は、レベル１から使える。しかしレベル１の使役魔法は成功率がとても低い。スライムにすらレジストされる可能性がある。

だからいつものように使役魔法の仕組みを細分化して、最下級魔法の組み合わせと、魔力で形作った文字の魔法陣を併用して、テイムのような魔法を再現したんだ。

本物のテイムには配下の魔物を強化する術式も組み込まれている。

俺はもちろん、それも再現した。俺に対して頭を下げるオーガの頭に触れ、使役魔法を発動させる。それと同時に配下となった彼の強化も行う。

オーガってたしか、A級の魔物だよね？

しかもコイツは特に強そうだし。だったら百万くらい魔力を込めても耐えるよね？

そう思って、強化の術式に魔力をじゃんじゃんつぎ込んだ。

思いのほか多く入った。

五百万くらい魔力を注ぎ込めてしまった。

そしたら――

屈強だった彼の肉体が、なぜか萎《しぼ》んでしまった。

えっ⁉　も、もしかして……。強化に失敗した？

こんなことは初めてだった。

ダンジョンのフロアに魔物を配置するため、各地で魔物をテイムしてはそれを強化していたのだが、ほとんどの魔物がテイムする前より強くなるような変化を遂げたんだ。

でも彼だけは筋骨隆々だったいかにもオーガらしい肉体から、まるで人族のようなスッキリとした姿になってしまった。

唯一、人族と見た目が違うのは額に生えた二本の角だけ。

「こ、これは――」

オーガが立ち上がる。

身長はリューシンより少し高いくらいだろうか？

顔は完全に人族のそれだった。かなりイケメンな部類にはいると思う。

あ、これってもしかして……。進化したってこと？

魔物であるオーガは鬼人族《きじんぞく》という魔族に進化できると、以前本で読んだ気がする。

鬼人族は魔族の中でも九尾狐に次ぐ力を持つ種族だ。

「主殿《あるじどの》！」

立ち上がって自分の身体をチェックしていた元オーガが、俺の前に膝をつく。

どうやら俺を主人として正式に認めてくれるらしい。

「進化できたの？」

「はい。主殿の膨大なお力が流れ込んできて俺は、鬼神族《きしんぞく》となりました。新たに得たこの力、今後は全て主殿のために捧げます」

きしんぞく？　聞き間違いかな。

「おめでとう。えーっと……。あっ、名前がまだないのか。俺が付けてもいいんだよね？」

「主殿に名を頂けるのであれば、喜んで」

「んー、じゃあ。オルガとかどう？」

「ありがとうございます。このオルガ、命尽きるまで主殿に忠誠を誓います」

「うん。よろしくね」

できれば元の姿のほうがフロアボスらしくて、嬉しかったんだけど……。

でもダンジョンのボスに鬼人族がいたら、それはそれで箔がつくよね。

俺は予定通り彼に遺跡のダンジョンの十八層目のボスを任せることにした。

「さて。お次は――」

「っ!?」

座り込んで大人しくしていた女性に近寄る。

彼女はオルガをテイムされる様子を呆然と眺めていた。

俺が彼女に視線を向けると、その表情に恐怖の色が浮かんだ。

大丈夫。安心して。痛いことはしないから。

俺のダンジョンのラスボスを任せるに相応しい力を持っていそうな子を見つけたんだから。

絶対に逃がしはしない。

「本体さん。その子、強いよ」

「うんうん。魔人クラスだと思う」

「テイムするの、さすがに無理じゃね?」

分身たちが心配してくれた。

でも大丈夫。俺には最近覚えたアレがある。

「まぁ、見てて」

右手に魔力で神様たちが使う文字――神字を形成した。

俺はこれまで神字を使った魔法としては神界への転移魔法しか使えなかった。古代ルーン文字も読める俺だが、神字だけはどうしても読むことができなかったから。神界への転移魔法は、創造神様が使うのを見ていたから再現できただけ。文字を理解できなければ魔法を作れない。

そんな俺には心強い味方がいた。

俺の妻のひとり、ルナだ。

彼女は俺と同じ世界からやってきた転生者で、どんな文字でも読むことができるというチートスキルを持っていた。俺はルナと神字の研究をした。そしてついに修得したのだ。

「テイム！」

それはオルガをテイムした時とは比べ物にならないほど莫大な魔力をつぎ込んだ使役魔法。

数百に及ぶ全ての文字を神字で書いた魔法陣を用いて行使するテイムだ。

これなら、いくら魔人といえどもテイムできるはず。

「――うぅっ！」

女の魔人が苦しそうだった。

おかしいな……。

なにかテイムに抵抗する力を感じる。

それは彼女のものではない、別のなにかの力だった。

彼女の身体の奥底に眠る力に意識を向ける。魔人だから邪神の気配がして当然と思っていたのだが、彼女の中には邪神の力の塊があった。それが俺の魔法の邪魔をしていた。

邪魔だったので――

「ホーリーランス！」

その力の塊を消滅させた。

テイムに抵抗する力が弱まり、無事に女魔人をテイムすることができた。

邪神の力の塊がなくなってしまった分、彼女の力が弱まっている。

なのでオルガと同じように、配下を強化する術式で彼女を強化しておく。

なんとオルガに与えた十倍近い魔力を飲み込んでしまった。

さすがは魔人だ。

いや、かなり強化されたはずだから、もしかしたら悪魔くらいの力はあるかもしれない。

そんな彼女が、俺の前に膝をついた。

「私は、シトリー。旦那様に忠誠を誓います」


——＊＊＊——


遺跡のダンジョン最終層で、ヨウコと白亜が魔王シトリーと対峙していた。

「も、元魔王、じゃと？」

「ええ。邪神様の加護は旦那様に消されてしまいましたので『元』魔王、なのです」

「……は？」

「ハルトが、邪神の加護を消したの？」

「そうです。ちなみに加護を失って減った分の力は旦那様の魔力で補っていただきましたので、私は弱るどころか元より強くなってしまいました。つまりこのダンジョンのラスボスは、強化された元魔王、だということです」

「……主様はこのことを知っておるのか？」

「私が魔王であったことをですか？　多分、知らないと思います。テイムする瞬間まで、私を魔人だと思われていたようですから」

「お主、悪魔なのに魔人程度だと言われて、頭に来なかったのか？」

　このヨウコの発言を聞いたシトリーは、ふふっと笑った。

「面白いことを言いますね。かの御方を前にして、魔人だ悪魔だのというのは、どうでも良いことではありませんか。だって、邪神様の――神の加護を消すような存在なのですから」

「ふむ……。まぁ、それはそうじゃな」

「一理あるの！」

　ヨウコと白亜はシトリーの言葉に納得してしまった。

「それでお話を聞く限り、貴女たちは旦那様のお知り合いなのですよね？」

「知り合いなどではない」

「私たちはハルトの奥さんなの！」

「あら、そうなのですか！　それでは、これからどうぞよろしくお願いします」

　シトリーが恭しく頭を下げる。

「お主、主様のことを旦那と呼んでおるが……。結婚したわけではあるまいな」

「ええ、まだです。ですが私は旦那様にテイムされております。結婚などという不確かなものより強固な絆で私と旦那様は結ばれているのです」

「ふむ。やはりお主、わかっておらぬな」

「……それはどういうことでしょうか？」

「そうじゃな。我らと戦い、お主が勝ったら教えてやるのじゃ」

「おふたりと戦えというのですか？」

「そうなの！　貴女を倒したら、ハルトがご褒美くれるの」

「まぁ！」

　急にシトリーの表情が明るくなった。

「では逆におふたりを倒したら、私が旦那様から褒めていただけるということですね!?」

「そ、それはわからぬが」

「大丈夫です。きっと旦那様は私を褒めてくださいます」

「我らに勝つ気でおるのか」

「私もヨウコも、すっごく強いの。いくら相手が元魔王でも負けないの!!」

　そう言ってふたりが人化を解き、本来の姿へと戻った。

　巨大な九尾の化け狐と、真っ白な竜がシトリーを睨みつける。

「ほぉ。九尾狐と白竜ですか。それは自信があるのも納得です。ですが――」

　シトリーも力を解放した。

「私も元魔王。そう簡単に倒せると思わぬことです」

溢れ出した魔力が空間を揺るがす。

「くっ！　や、やはり魔王級は、とんでもない力なのじゃ」

「で、でも負けるわけにはいかないの！　ハルトのご褒美が待ってるの！」

「わかっておる。いくぞ、白亜！」

「はいなの!!」

この世界の頂点に座す者たちの戦いが今、幕をあけた。


白竜が羽ばたき、高さ五百メートルほどある最終フロアの天井付近まで飛翔した。

シトリーの視界から外れるのが目的だ。

ヨウコも白亜も、シトリーの強さを認めていた。

最強の色竜である白亜と、魔族の頂点に立ち魔人すら圧倒するヨウコがシトリーには個人で勝てない――そう判断したのだ。だからふたりは連携をとることにした。

これまでふたりで協力して戦ったことはないが、歴代最強の敵と言っても過言ではない元魔王が目の前にいる。共闘しなければ勝てない。そしてハルトからご褒美をもらうためには、なんとしても最強魔王を倒さなくてはならないという共通認識が、自然とヨウコたちに最適といえる行動をとらせていた。

突如飛び上がった白亜の姿を目で追ったシトリーの隙をヨウコは見逃さなかった。

九本の尾に溜めた魔力を超高密度に圧縮してシトリーに向け放ったのだ。それは聖都サンクタムの郊外で、魔人の半身を一瞬にして溶解させたレーザー。それを――

シトリーは片手で払い除けた。

「なっ⁉」

これにはさすがにヨウコも驚いた。

魔人に攻撃した時の数倍の魔力を込め、さらに確実に当てるため、ほとんどの予備動作を省略して放った最強最速の一撃だったからだ。

「さすがですね。手の甲が少し痺れました」

そう言ってシトリーが手をひらひらと振る。

「……バケモノめ」

「あら。それはお互い様で――」

「喰らえなのぉぉぉお‼」

シトリーの言葉の途中、上空から超高速で白亜が降ってきた。

最終フロアの上空を旋回し最大限まで加速した白亜は、自身に重力魔法と硬化魔法を幾重にもかけてシトリーに突撃したのだ。

そんな白亜の捨て身の突撃を、シトリーは容易く受け止めた。

「――は？」

白亜は意味が分からず狼狽えた。

その場に巨大なクレーターができてもおかしくない速度で突撃したにもかかわらず、シトリーはそのか細い腕で白竜の巨体を受け止めたのだ。しかも彼女の足元には、全く衝撃が伝わっていなかった。

「ここは旦那様が私のために作ってくださったフロアです。ですから、あまり大きく破壊しないでほしいのです」

シトリーはハルトが作ったこのフロアにクレーターを残さないよう、わざわざ白亜を受け止めた。白亜の行動に気付いていたシトリーは、白亜の突進を避けることもできたのだ。

しかしシトリーは反重力魔法を使い、白亜の速度と重量を軽減した。さらに白亜の身体にかかる負荷も軽減するため、彼女の頭を優しく受け止めていた。それは圧倒的な実力差があって初めてなせる技。

「は、離せなの！」

頭を掴まれ、逃げることもできなかった白亜がその尾をシトリーに叩きつけた。

悪魔グシオンを打ち据えた白竜の尾の一撃。

これすら、今のシトリーには児戯《じぎ》に等しいものだった。

「お・い・たをする子は、こうです！」

白亜の頭から手を離し、代わりに高速で向かってきた尾を掴んだシトリーが、白竜の巨体を振り回し、ヨウコに向かって投げつけた。

「――っ!? す、すまぬのじゃ！」

ヨウコは高速で飛んでくる白亜の身体を避けた。

「ふぎゅ！」

白亜は遠く離れたフロアの壁まで飛んでいき、壁に激突して悲鳴をあげた。

「貴女にはさっき手の甲を痺れさせせられましたから」

「えっ？」

シトリーに投げ飛ばされた白亜の様子を見ていたヨウコが声に反応して振り返ると、デコピンを構えた笑顔の魔王がいた。

「お返しをしませんと、ね？」

「ふぐぁぁぁぁああ!!」

九尾狐の眉間に世界最強のデコピンが叩き込まれ、ヨウコも白亜と同じくフロアの端まで吹き飛ばされた。ヨウコはシトリーの指が当たる直前、額に千層の魔法防壁を展開して防ごうとしたのだが、それはほとんど意味をなさなかった。

「まだやりますか？」

フロアの壁付近で倒れているヨウコと白亜に、魔王シトリーが近寄る。

「ま、まだじゃ……。まだ、我らは負けておらぬ」

「そーなの。このくらい、なんともないの」

なんとか立ち上がろうとするふたりの身体は震えていた。

その震えは与えられたダメージ、そして恐怖によるもの。

「そうですか、そうですよね。旦那様のご褒美。嗚呼、なんて素敵な響き。貴女たちが諦められない気持ち、痛いほどわかります。ですが──」

シトリーが魔力の塊を右手に出現させた。

それは歴代最強の魔王が極限まで己の力を高め、なんとか具象化に成功した死の塊。

「時には諦めも肝心です」

死の塊をシトリーが頭上に構える。

「あ、あ、ぁぁぁあ！」

「い、いや、いやなの……。死にたくないの!!」

ヨウコと白亜は自分たちが死ぬ未来を見ていた。

「ご安心を。このダンジョンで死んだ者は、旦那様のお力で何度でも復活できるそうです」

笑顔のシトリーが手を振り下ろした。

死が、ヨウコと白亜に襲いかかる──

「はい、ここまでね」

ヨウコたちの前に現れたハルトが死の塊を受け止めた。

そして死の魔法を手のひらから吸収してしまう。

「だ、旦那様!?」

シトリーが激しく狼狽えていた。

自身が放てる中で最悪の魔法。それを主人であるハルトに当ててしまったからだ。

「す、すみません旦那様。わたし、魔法を止められなくて……」

「大丈夫、問題ないよ。途中で止めてごめんね。今回はシトリーの勝ちでいいから」

数万のヒトをまとめて屠れるだけの『死』を込めた魔法だったのだが、それを吸収したハルトに変化はなかった。

「ありがとうございます。旦那様がご無事で良かった……。やはり、さすがですね」

ホッとした表情を見せながらも、シトリーはハルトの異常性を再認識する。

どうせハルトの力で生き返る——そう考えたシトリーは本気でヨウコと白亜の肉体を消滅させようとした。そうでもしなければ、彼女たちが負けを認めないと思ったからだ。

シトリーは現在、自身がこの世界で最強の生物であると認識していた。

その最強生物の本気、全力の魔法をハルトは容易く止めたのだ。

シトリーは彼のことを生物でないなにか——神族の類であると考えはじめていた。それもただの神族ではなく、この世界の最高神である創造神、その化身なのではないかと。しかしそう考えれば魔王であったシトリーをテイムできたのも、邪神の加護を消し去ることができたのも全て納得できてしまう。

彼に歯向かう気など起きない。

その気になれば世界を改変する力を持つのだから。

ハルトにテイムされた当初は、邪神に対して後ろめたい気持ちがあった。しかし今は彼のそばにおとなしく身を置くことが最善であると理解していた。

「旦那様。その、少しお願いが……」

「ご褒美？」

「そ、そうです！」

「わかった。俺でできることなら可能な限り叶えるよ。なにがいい？」

「もし可能なのでしたら、わたしもヨウコ様たちと同じように旦那様の御屋敷で一緒に暮らさせていただけないでしょうか？」

「いいよ」

シトリーの願いはあっさり認められた。

「でも、このダンジョンのラスボス役もお願いね。誰か来た時だけでいいから。その時は俺が転移魔法で連れてくるよ」

「承知いたしました。何人たりともここを通さぬことをお約束しましょう」

歴代最強の魔王が確固たる信念を持ち、ハルトの頼みに応えることを誓った。自分の頼みのせいでこの遺跡のダンジョンがクリア不可能な魔境となったのだが——そんなことをこの時点のハルトは全く理解していなかった。

「それから移動の件ですが、旦那様の転移魔法を見て覚えましたので、必要な時は自分でここまで来るようにいたします」

「おぉ！　それは凄いね。もしかして俺が設置した転移用のマーキングも使えたりする？」

「可能です」

「だったら、頼まれた時は俺の家族の転移もしてほしいんだけど、大丈夫？　魔力がいるなら俺が渡すからさ」

「旦那様の御家族を転移させるのは問題ありません。魔力も当面は不要です。既に旦那様からたくさん頂いてしまいましたので」

「そう？　じゃ、よろしくね」

「はい。あの……。旦那様にあとふたつお願いが」

シトリーがもじもじしていた。

その姿は彼女が魔王であるなどと想像できない、ひとりの可愛らしい女性の仕草だった。

「わたしを旦那様の御家族に紹介していただけませんか？　みなさまを転移させるとき、面識は必要になると思うのです」

「もちろん！　シトリーも今日から俺の屋敷で暮らすんだから、みんなに挨拶してもらうよ」

「は、はい。よろしくお願いします。それから最後に」

シトリーは申し訳なさそうな顔をして、フロアの壁のそばで互いに背を預けて座り込んでいるヨウコと白亜を見た。

「やりすぎてしまったようですので、彼女たちとの仲裁もしていただきたいのです」

「あー。そうだね」

ハルトがヨウコと白亜に近づいていった。ふたりはハルトが現れて少しした時には人化していた。元の姿である巨体を維持するにはかなりエネルギーを要するので、ひどいダメージを負った時は人化して傷を癒すのだ。

人型になったヨウコと白亜にハルトが話しかける。

「ふたりとも、お疲れ様。俺が用意したラスボス、強かったろ？」

「強すぎじゃ」

「し、死ぬと思ったの」

「危ない目に遭わせてゴメンな」

ハルトはしゃがんでふたりを抱きしめ、ヒールをかける。それと同時に彼女らが戦闘で使って失われた分の魔力も回復させていった。

「彼女も今日から俺の屋敷で暮らすことになるから、今後はシトリーとも仲良くしてほしい」

「……存在の格は、彼奴《あやつ》のほうが圧倒的に上じゃ。しかし主様のそばで暮らし始めたのは我らのほうが先。先輩として接しても良いのかの？」

「いいんじゃない？　シトリー、いいよね？」

「はい。わたしは家事などをしたことがございませんので、至らぬ点が多々あると思います。何卒、ご指導よろしくお願いします」

シトリーがヨウコと白亜に対して頭を下げる。

彼女の言葉を聞いてヨウコは笑顔になった。

「うむ。では主様にお仕えする先輩として我が、主様の好物であるだし巻き玉子の作り方を伝授してやろう」

「だ、だし巻き玉子？　なんでしょう、とてつもない困難が待ち受けている気がします」

「私もシトリーにお料理教えるの！」

「白亜様も、よろしくお願いしますね」

「はいなの！」


こうして、エルノール家に元魔王が嫁いできた。

《了》

あとがき

『レベル1の最強賢者』七巻を手に取っていただき、誠にありがとうございます。

六巻のあとがきで『七巻を出せたら全編書き下ろしにする』と書きましたが、編集さんと相談して、話の流れ的なあれそれで書き下ろしは一部だけになりました。ごめんなさい!! また書き下ろしして良いよーって言ってもらえた時に頑張って一巻分書こうと思います。

とりあえず七巻を出せて安堵しています。コミカライズ版の人気が結構すごくて、特に電子書籍が売れているみたいですね。それに引き上げられる感じで小説の方も売れているようで嬉しい限りです。コミカライズを担当してくださっているかん奈先生のオリジナルストーリーが増えてきて、私もネームが送られてくるのなどを楽しみにさせていただいています。小説版をここまで読んでくださっている方のほとんどは漫画版もチェックしてくださっているとは思いますが、もしまだ読んでないって方がいらっしゃいましたら、コミックポルカから発行されているコミカライズの方も是非よろしくお願いします!

本編の内容ですが、ついに本物の魔王が登場です。魔王だと名乗っていないので、ハルトはまだ気づいてなさそうですね。彼は魔王がもっと強くてヤバい存在だと思ってそうです。主人公にはちょっと強い魔人か悪魔程度だと思われている『彼女』ですが、ハルトを除けば作中最強キャラのひとりです。今後の活躍にご期待ください。

あともうひとり初登場のキャラとしてヨウコの母、キキョウさんが出てきます。キキョウさんです。彼女が認めたヒト以外は呼び捨てを赦してくれないので、ご注意ください。神様を洗脳したり、広範囲の認識阻害魔法を使ったりできちゃう作中準最強キャラです。強いです。戦闘能力は先述の魔王には若干劣るものの、能力が便利すぎます。なにか困ったことがあっても、彼女を頼れば大抵のことは何とかなっちゃいます。今後も色々と出番がありそうです。

さて、本シリーズをここまでお読みいただいている方の多くはもうお気づきかと思いますが、この『レベル1の最強賢者』小説版の表紙にいるハルトとティナ以外のキャラは、その巻でハルトの家族や仲間になるキャラたちです。つまり……。そーゆーことです。六巻の時点でお嫁さんが十一人になったのに、まだ増やすのかと。やりすぎかなーとたまに思うのですが、この方向性で人気が出た作品なのでこのまま行っちゃいます！　キャラが多すぎると収拾がつかなくなったり、出番が少ないキャラが出てしまったりで調整が大変です。でも新キャラを出せば、その度にイラスト担当の水季先生の素晴らしいイラストが増えるのでやめられません。水季先生、今作にも素敵なイラストを添えていただき、本当にありがとうございました。八巻以降も何卒、よろしくお願いいたします。

『祝！　書籍七巻発売!!』

木塚麻弥

ブレイブ文庫
「幼馴染みがほしい」と
呟いたらよく一緒に遊ぶ女友達の
様子が変になったんだが
著作者:ネコクロ イラスト: 黒兎ゆ
1巻発売中!
「可愛い女の子の幼馴染みが欲しい」――それは、いつも一緒の四人組でお昼を食べている時に秋人が放った何気ない一言だった。しかし彼は知らなかった。目の前にいる夏実こそ、実は小さい頃に引っ越してしまった幼馴染みだということを！　それ以来、夏実は秋人に対してアピールしていくのだが、今まで友達の距離感だったことからうまく伝わらなくて……。いつも一緒の友達から大切な恋人へと変わっていく青春ストーリー開幕!!
定価：760円（税抜）
©Nekokuro

ブレイブ文庫

毎日死ね死ね言ってくる義妹が、俺が寝ている隙に催眠術で惚れさせようとしてくるんですけど……

著作者:田中ドリル　イラスト:らんく

クソ兄貴…いえ、
お兄ちゃん!
私を大好き
になりなさい!

高校生にしてライトノベル作家である市ヶ谷碧人。義妹がヒロインの小説を書く彼は、現実の義妹である雫には毎日死ね死ね言われるほど嫌われていた。ところがある日、自分を嫌ってるはずの雫が碧人に催眠術で惚れさせようとしてくる。つい碧人はかかってるふりをしてしまうのだが、それからというもの、雫は事あるごとに催眠術でお願いするように。お姉さん系幼馴染の凛子とも奪い合いをし始めて、碧人のドタバタな毎日が始まる。

定価:760円（税抜）

唯一無二の最強テイマー
～国の全てのギルドで門前払いされたから、他国に行ってスローライフします～
原作：赤金武蔵　漫画：田村紘一
キャラクター原案：LLLthika
異世界還りのおっさんは
終末世界で無双する
原作：羽々音色　漫画：ダンタガワ
処刑された聖女は
死霊となって舞い戻る
原作：緒二葉　漫画：蚊
キャラクター原案：みなせなぎ

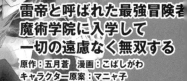

転生貴族の異世界冒険録
～カインのやりすぎギルド日記～
原作：夜州
漫画：佐々木あかね
キャラクター原案：藻
レベル１の最強賢者
原作：木塚麻弥
漫画：かん奈
キャラクター原案：水季
我輩は猫魔導師である
原作：猫神研究信仰会
漫画：三國大和
キャラクター原案：ハム

神獣郷オンライン！
原作：時雨オオカミ
漫画：春千秋
ウィル様は今日も
魔法で遊んでいます。ねくすと！
原作：綾河ららら
漫画：秋嶋うおと
キャラクター原案：ネコメガネ
バートレット英雄譚
原作：上谷岩清
漫画：三國大和
キャラクター原案：桧野ひなこ
コミックポルカ
COMICPOLCA
話題のコミカライズ作品を続々掲載中！
毎週金曜更新
公式サイト
https://www.123hon.com/polca/
Twitter
https://twitter.com/comic_polca
コミックポルカ
検索

BRAVENOVEL
ブレイブ文庫

レベル1の最強賢者7
～呪いで最下級魔法しか使えないけど、神の勘違いで無限の魔力を手に入れ最強に～

2022年12月20日　初版第一刷発行

著　者　木塚麻弥

発行人　山崎　篤

発行・発売　株式会社一二三書房
〒101-0003 東京都千代田区一ツ橋2-4-3
光文恒産ビル
03-3265-1881

印刷所　中央精版印刷株式会社

■作品の感想、ファンレターをお待ちしております。

■本書の不良・交換については、メールにてご連絡ください。
株式会社一二三書房　カスタマー担当
メールアドレス：support@hifumi.co.jp

■古書店で本書を購入されている場合はお取替えできません。

■価格はカバーに表示されています。

■本書は小説投稿サイト「小説家になろう」(https://syosetu.com/)に掲載された作品を加筆修正し書籍化したものです。

ISBN 978-4-89199-904-9 C0193